總鋪師與他的水腳仔

許亞歷／文　李憶婷／圖

推薦序

關於料理、歷史、家族與成長的深刻畫卷

吳宜蓉（高雄市陽明國中歷史老師）

你對傳統辦桌文化的印象是什麼？是在戶外開吃澎湃好料的歡樂氣氛，還是親友聚集熱鬧滾滾的人情味？

辦桌是由總鋪師（**負責掌廚的廚師長**）、水腳仔（**從切菜、備料到端盤的助手**）共同前往宴席場合分工合作，無論遇到什麼樣的場地，又或是晴天、雨天、颱風天，他們需要臨機應變，配合婚喪喜慶各種禮俗的意義，提供給主家最合適的菜色，用一桌桌的好料，凝聚用餐賓客的情感。

在這本引人入勝的小說《總鋪師與他的水腳仔》中，作者許亞歷

老師以精緻的筆觸勾勒了一幅關於料理、歷史、家族與成長的深刻畫卷。透過阿槌師與藍黃紅水腳軍團的奇幻旅程，這本書不僅是對辦桌文化的認識探索，更是一場穿越時空的文化之旅，以及一段關於自我成長的感悟。

譬如，在書中我們會認識到總鋪師不僅僅是會做得一手好料理，更要有能力依據宴席的主題，設計專屬菜單賦予主家最真摯的祝福。像瓜子校長為了慶祝兒子新居落成，席開十桌，招待親友鄰里！阿槌師就特別安排了「福袋全雞」的全雞料理，取閩南語「食雞起家」的諧音，祝福對方順利興家立業。

水腳仔三人組則各有奇遇：用南瓜雕出的鳳凰飛走了，藍哥一路追過去，竟巧遇了不鳴則已一鳴驚人的楚莊王；小黃尋著美食的氣味一不小心便穿越到春秋，與孔子的學生子路有著動人的交流；被鼎吸了進去的阿洪居然化身為龍，撞見霸氣的千古一帝秦始皇！

作者以獨特的視角，巧妙交錯料理細節與歷史場景，營造出一種如幻似真的敘事氛圍。並靈活運用了先秦歷史的文化底蘊，結合了主角群對於親人情感的追憶、對技藝進化的探尋，以及對於周遭事物抱持尊重的深刻思考。

透過書中角色的細膩刻畫，讀者很容易將自身心境與書中人物交織融合。從藍哥與阿槌身上，我們看到了青少年時期自我認知的迷惘與追尋，小黃與阿洪則有著更多的成熟穩重。這些角色不僅是書中的人物，也能成為讀者的鏡子，透過故事映照出自己的模樣。隨著劇情展開，讓我們一起去冒險吧，用視覺品嘗一道又一道的美食饗宴！在穿梭時空的解謎旅程中，一同感受到料理所帶來的幸福滋味吧！

作者序

從小房間開始

許亞歷

提筆書寫《總鋪師與他的水腳仔》是二〇一九年的冬天，結束一週課程的傍晚，為了更順暢的切換至寫作狀態，投宿城市近郊的簡易旅社。整個夜晚，小房間內外寂靜，直到清晨四點，隔著窗，聽聞早起的居民開始活動，灑水澆花、拖行大型工具、發動機車引擎呼嘯遠去。於是，「淡淡山城」這樣一個寧靜而勤快的城鎮在腦海中清晰顯影，我坐回電腦前，寫下故事的起點。

交織在書中的文史典故驅動著情節推進。書寫時，常想起和孩子們分享文史故事的情景。例如在故宮，將個頭還不夠高的孩子輪流抱起，觀察鼎外的紋樣、探看大鼎裡的文字，了解鼎之於時代的重量。有孩子流連在古代兵器前，為匕首素描，並以刀為主體，著手改寫〈刺客列傳〉。或者在教室，我們還原古代場景，揭發座席安排的暗示外，還討論了桌椅家具的演進與人物姿態的關係。這些典故像是一個個發亮、朝四面八方輻射的光點，能從各種角度追索光源、也能站身於不同面向詮釋，與當代的我們對照。

而在即將出版的現在，重新沉浸在故事裡，我有了新的發現：寫下的角色們都呼應著自己。

十五、十六歲的藍哥與阿槌，是高中時的我。處在自我認同階段，我從哪裡來、我是誰、我要往哪兒去，這些問題日復一日幻變成不同形式出現在日記中。如同藍哥，有對體制的迷惘和叛逃，也有對能力的自信和鍛鍊；像是阿槌，追尋著家的定義，一路成就連結更緊密、意義更開闊的家。

二十四歲的小黃，是我正式成為教育工作者的年紀，發散時時刻刻渴望渾身解數的熱情，熱衷做為銜接人事的橋梁。現在，恰好是阿洪的四十歲，我覺得自己仍懷著那準備渾身解數的勁力，但同時比二十四歲更加沉著冷靜，收穫了內斂的力量（**在這三四年間，也累積出兩條手臂的刺青**）。

像是把過去總總的自己大集合，隨故事開展檢視和辯證。我也希望這些角色進駐讀者心中，輕輕響起呼應：你可以有所鍾愛、你可以秉持初衷、你可以再次選擇。你可以摸索、犯錯，然後做好準備，繼續前行。

最後要謝謝總編碧琪在午後的茶席中，溫柔提議並鼓勵著這本書的可能性；桂蘭姐和韻如陪伴打造故事的雛型；以及引領我投入兒少書寫，亦師亦友的主編怡汝，長年往返的郵件與訊息像是透過了一扇小窗，傳遞靜靜生活的聲響，我便擁有一如近郊旅社的小房間般，安定創作的所在。

人物介紹

阿槌

銅鑼外燴總部的
第二代負責人，
老鑼師的兒子，
從小把總鋪師的
老爸當作偶像。

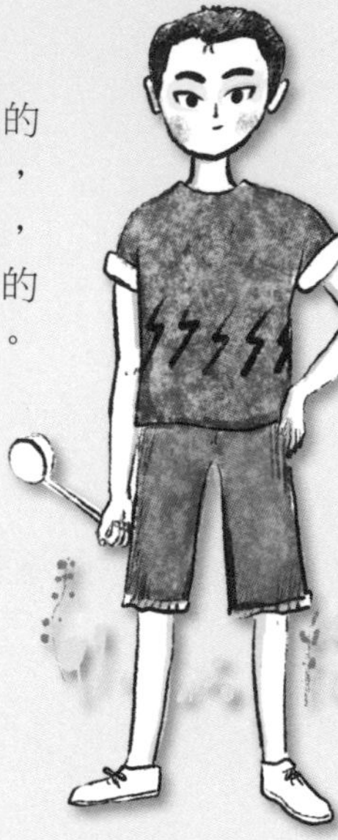

秦快師

皇家外燴團負責
人，銅鑼外燴競
爭對手，是老鑼
師的師兄。

老鑼師

銅鑼外燴總部負
責人，總鋪師，
率領外燴班底，
四處辦桌。

阿洪

來歷神祕，只要嘗過一次菜色，就能複製相似度高達九成九的調味。

藍哥

美術資優班女學生，拿起雕刻刀，能化西瓜為牡丹花、蘿蔔變作比翼鳥。

小黃

實際24歲，看起來卻像42歲大叔，嗅覺比狗還靈敏，能憑氣味規劃出讓香氣遠播的上餐動線。

目錄

第一部 失鼎記

第二部 行刺記

第一部 失鼎記

一、銅鑼外燴團

清晨四點，位於「淡淡山城」山腳下的「銅鑼外燴總部」已聚集十幾名員工，有人從倉庫扛出各種造型的餐盤碗碟，壓低聲音點算數量；有人埋首磨刀，細微的鏗鏘聲傳到鄰舍，為睡夢中的少年打造武俠幻境。

夢境中，少年化身青袍黑靴的俠客，操持長劍，在竹林間跳躍追奔，與刺客對決，他揚手蹬腿，把棉被全踢了下床，大聲喝斥著：「哪裡逃！」

負責搬運桌椅的員工們聽見了，憋著笑意嘀咕：「快逃、快逃喔！」手上使勁一推，一塊塊直豎的大紅圓桌面便「喀噠喀噠」的滾上木棧板，送進卡車車斗，發出就定位的「咚咚」輕響。

過去，總是這些此起彼落又謹慎壓抑的聲音，開啟銅鑼外燴總部的一天。小貨車在巷弄駛進駛出，全是合作已久的菜商肉販配合時間，早早送來食材。而這之間，捏著筆記紙，忙著監督確認的，正是銅鑼外燴總部的第二代負責人——老鑼師的兒子阿槌。

從小，阿槌就把當總鋪師[1]的老爸當作偶像，看著老爸率領外燴班底，攜帶琳瑯設備四處辦桌，像一支遠征軍，要客人們對美味投降，飽得心服口服。六歲時，阿槌發現自己長高了，能站在工作檯邊幫忙後，便吵著加入老爸的團隊，自願從打雜洗碗做起。

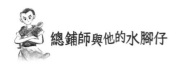

大家都說：「果然要有槌敲，鑼才會響啊！」工作時一向寡言冷靜的老鑼師，一旦兒子跟前跟後、又是摸索又是搗蛋的，便有如被槌棒擾響的銅鑼，不得不展現他威力十足的嗓門。

只要一看到老鑼師臉色一沉，雙手叉腰朝向阿槌，員工們便警覺的趕快丟下手邊工作，摀住耳朵，否則不只聽力受損，老鑼師發脾氣時特有的古怪用詞，和阿槌那嘴上道歉、眉眼仍賊兮兮作怪的模樣，會讓他們笑得連刀鏟都握不牢了！

特別是阿槌剛學習油炸時，老是錯過菜餚起鍋的最佳時間。

「你對得起瓦斯、火爐；對得起努力長到這麼肥、這麼美的鰻魚嗎？你好好跟它們鞠躬道歉！」老鑼師洪亮的罵聲傳送得比魚焦味更快更廣，三條街外的人都知道阿槌又搞砸了油炸特訓！

經過十年的「鑼聲震撼教育」，員工們都對阿槌的手藝讚譽有加，感動老鑼師打拚多年的事業，如今後繼有人，尤其是這一兩年，阿槌像是久久熬出精華的高湯，功力突飛猛進，就剩「出師儀式」，在圍裙上的阿槌兩字後頭加繡一枚「師」字了。

不過，偶爾阿槌的糊塗毛病一發作，還是讓大家忍不住調侃：「比起阿槌師，你做『凸槌師』更適合啦！」

突飛猛進的還有阿槌的身高，阿槌早在十二歲時便超越短小精幹的老爸，到了十六歲生日前，修長結實的阿槌出入外燴總部，要是忘記低頭，就會狠狠撞上門楣，再多腫個一公分。

阿槌知道自己是老鑼師領養來的，沒有人知道他確切的出生日期，印象中父子共度的第一個生日就是初次見面那天，當時陌生的兩人拘謹的吹熄蛋糕上的數字3蠟燭，老鑼師拍拍他的頭：「以後我倆就是一家人了。」

十二歲時，阿槌第一次在外燴任務中負責首道「七喜冷盤」的擺盤布置。內行人光看冷盤就能知道主辦方的預算，那次預算雖然不高，但阿槌在造型和色彩搭配上花了許多巧思，端出的開胃菜華麗又細緻。

宴客主人喜上眉梢說：「你遺傳到了爸爸的好手藝啊！指日可待，指日可待！」當時阿槌正處在對「遺傳」、「血緣」等字詞十分敏感的階段，以至於和爸爸合影時，忽然彆扭起來，僵直的伸長脖子，一下子和老鑼師以子為榮的笑臉拉遠了。

阿槌曾有好一陣子好奇自己的身世，頻頻套老鑼師話：「老爸，你在哪找到我的？我總不會跟孫悟空一樣從石頭蹦出來的吧！」

三歲照理來說應該有記憶能力了，但被收養前究竟在哪、和誰一起生活著，阿槌卻一點印象也沒有。他的人生，彷彿從三歲切蛋糕那一刻才開始。

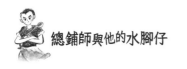

老鑼師總說：「阿槌啊！一個人的出生不是最重要的，從石頭蹦出來也好、垃圾堆撿來也罷，重點是要成為什麼樣的人呀！」

阿槌漸漸不追問了，因為他明白自己有多愛老爸，也知道自己想成為一名好廚師——儘管，某些輾轉難眠的晚上，他還是會升起「我從哪裡來？」的迷惘。

滿十六歲那天，老鑼師難得讓阿槌放假，獨自率領團隊辦桌去了。阿槌在總部樓上的住家裡也沒閒著，認真抄寫食譜外，晚上還特別煮了三顆紅蛋當老爸下工的宵夜。

可是這三顆紅蛋一直沒等到老鑼師回家享用。據說當晚宴席結束，老鑼師叮嚀員工們務必細心收拾：「我得先去幫阿槌挑個生日禮物，這裡就交給你們了，萬事拜託！」從此就沒了消息。

擁有爸爸那天，成為了阿槌生日；卻也在生日這天，失去了爸爸。著急的阿槌和外燴團的夥伴，尋遍淡淡山城每個角落，還是一無所獲。

他把合照影印放大，剪下老爸的頭像，做成「尋人啟事」，張貼在電線桿、鄰里布告欄上。風吹日晒中，傳單褪去了色彩與細節，老鑼師的五官變得模糊，只剩下幾枚大字：「尋找老鑼師」。

紅蛋被擱進冰箱裡，像是專心等候老鑼師返家。阿槌的心也從一開始的慌亂無措，一點一點冷靜下來，他告訴自己除了繼續打探老爸的下落，還得守住「銅鑼外燴團」，這不僅是老爸的心血，也是父子最重要的連結。

注

1. 總鋪師：指辦桌服務（類似西方的外燴）中負責掌廚的廚師長。

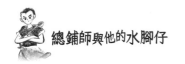

二、藍黃紅水腳軍團

今天，是老鑼師失蹤的第一百天，也是阿槌以「阿槌師」之名擔綱總鋪師的第一場宴席。過去這一百天裡，多虧老爸的老班底不離不棄，陪著他精進手藝。

此外，團隊還加入了三位本領非凡的「水腳[2]」，他們在不同日子毛遂自薦，卻一樣婉拒薪水，只要求每次辦桌都能跟著出動。

刀工藍哥

最早加入的「藍哥」雖自稱哥，實際上比阿槌年輕一歲，還是個女學生，正就讀美術資優班，因為不喜歡關在教室裡的制式教學，一

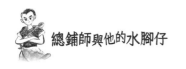

有空就溜進外燴總部「修行刀工」。

阿槌一見到她的側臉，目不轉睛的問：「你這髮型哪裡剪的？太酷炫了！」

藍哥撥弄短髮，頭髮翻飛出複雜的層理，待髮絲靜止後，參差的長短竟如浮雕般，左右兩側各顯現一隻拉開雙翼的老鷹，那鷹爪細緻得像是真的要朝前方抓去。

「還能給誰剪？跟刀有關的事，我全都自己『兩手包辦』！」她舉起雙手，示意自己能夠左右開弓、同時並用！

平常言談豪爽、舉止不修邊幅的藍哥，拿起雕刻刀，卻細膩講究到幾近吹毛求疵，特別鍾愛蔬果雕花，能化西瓜為牡丹花團、蘿蔔變作比翼雙飛鳥，凡經過她的雙手，每道菜都能晉升為藝術品，即使沒有鎂光燈投照，也能自生燦爛光輝。

好鼻小黃

小黃說自己是循著菜香找來外燴團的，他的嗅覺比黃狗還靈敏，大概太常像獵犬皺鼻搜索，小黃的眉心和山根橫列好幾道刻紋，看起來比真實年齡老上許多。

當他介紹自己二十四歲時，阿槌驚訝得脫口而出：「我還以為你是四十二歲的大叔呢！」

小黃一直想做能發揮長才的職業，有朋友引薦他進入香水公司，但他不好意思明說人工化學調出的氣味，只會讓他狂打噴嚏，只好裝病辭職。

如今小黃成為外燴團的水腳，他感動自己終於能大展身手，因為他不只能憑氣味分辨食材是否新鮮，更會依據餐飲現場的環境、天候條件，規劃出讓香氣遠播的上餐動線，簡直像個「氣味控制員」，不只被動嗅聞，還能主導氣味的行進。

重現味道阿洪

至於神祕兮兮，一臉飽經風霜的阿洪，沒人過問他的來歷，只知道他慣穿的長袖T恤下，兩條臂膀覆滿粗獷嚇人的紋身。

他現身那天，連招呼也沒打，嘗了阿槌剛起鍋的下午茶「麻油荷包蛋」，立刻捲起袖子淋油熱鍋，爆香薑片，用蛟龍盤繞的精壯右臂敲下一顆蛋，再用刺著大老虎的左臂調味，不一會，他關上爐火，將袖口拉回，完成幾乎和阿槌那份味道一模一樣的麻油荷包蛋。

阿洪的本領正是嘗過一次菜色，就能複製相似度高達九成九的調味，剩下的零點一成，阿洪便與阿槌一來一往討論，努力實驗出更勝原菜的獨特風味。

阿槌很快和他們有如親人般彼此扶持信賴，這多少彌補了老爸不在身邊的孤單，他暱稱各自擅長色、香、味的藍哥、小黃和阿洪為「藍黃紅水腳軍團」，也因為有了軍團三人，阿槌才更自信的接下宴席訂單。

這個能夠獨當一面的時刻，他不知道已經想像過多少遍，每個環節再熟悉不過了，沒想到清晨的風這麼冷——或許，因為少了老爸那洪亮的銅鑼嗓，顯得更蕭索冷清了，阿槌無法控制打顫的手指，盤點器材的筆掉了又撿，撿了又掉。每回彎蹲，再站直身子，阿槌就像消了氣，又矮了一截，「阿槌師」的氣勢都快消失殆盡了。

「藍黃紅水腳軍團」最先發現阿槌的焦慮不安。

小黃先是靠近一聞：「嘖嘖嘖，我聞到好濃的緊張氣氛喔，來，跟著我，深吸——吐氣——鎮定下來。」

藍哥將腳尖墊起到幾乎要離地的程度，才勉強搭上阿槌肩膀：「刀具全都被我磨得又利又亮，今天，我會為你兩肋插刀啦！」

不遠處幫忙搬運食材的阿洪也往阿槌眨眨眼以示支持。

阿槌拍拍胸脯：「好，不怕不怕。就像藍黃紅三原色能變化出各種色彩，有你們色、香、味的鼎力相助，我一定能繼續敲響銅鑼外燴團的好名聲，為老爸增光的！」

注

2. 水腳：總鋪師的助理，要做的事情從洗菜、備料到端盤、切菜等，全都包辦。

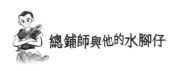

三、九個鍋子的故事

該來把鍋子擦一擦了！陪著老鑼師打天下的九口大鍋，是所有辦桌器具裡最老舊的，老鑼師告訴阿槌的第一個故事就跟九個鍋子有關。

四千多年前，大禹成功治理滔天洪水，廣受百姓愛戴，接下舜禪讓的王位，建立了夏朝，將天下規劃為九個州。

當時金屬冶煉技術還不發達，青銅產量不高，被視作貴重的「金」，九州諸侯因此進貢青銅以表達敬意。大禹將收到的青銅鎔鑄為九個大鼎[3]，根據治水時的考察，在鼎上記錄了各州的地理水文、草木禽獸，不僅做為「指南地圖」，更是天下的象徵。

「對國家和君王來說，九鼎代表權力和地位，少了一個都不行，就算是貴族階級也不得冒犯，自行打造九鼎。阿槌啊，我們這九個大鍋子也是缺一不可呢！它們跟著我到處打拚，就和總鋪師的性命一樣重要呀！」

阿槌永遠忘不了老爸說這番話的神情，以及每次出發上工前，老爸在總部門口細細擦拭九鍋的身影。老鑼師總在擦拭完畢後，向鍋子懇切一鞠躬：「等下就有勞你們了！」

長年下來，各種火候在鍋子上留下燒跡，有如地理水文，記載著一名總鋪師的經歷。想起老爸的懇切神情，阿槌握緊拳頭，「別擔心，老爸，這件事就交給我吧！」

阿槌個頭高，得駝著背、採單膝跪地姿勢，才好一手固定鍋邊，一手抓著抹布伸入深廣鍋底，他將鍋子一個一個擦過，邊唸著兒時創

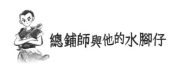

作的順口溜：「一鼎刀工一絕，二鼎色味雙全，三鼎山珍海味，四鼎香氣四溢，五鼎讚譽無敵，六鼎客人全留，七鼎童叟不欺，八鼎胃口大發……」擦著擦著才發現第九鼎不見了！

天啊，第九鼎到哪去了？這可不得了，九口大鍋各有用途，少了一個，料理進度將大受影響，更重要的是，總鋪師的「性命」就不完整啦！

「沒想到鍋子都還沒熱就先凸槌了！」阿槌蹲在八鼎旁嘆氣，敲著額頭懊惱自己竟如此粗心，連鍋子何時不見的也不清楚。

上次外燴結束後，大家忙著找老鑼師，沒有再盤點整理鍋具，當時阿槌沒和老爸一起出任務，無法確定當時第九鼎是否安在，詢問水腳們，時隔一百天，大家也印象模糊了——等等！難道，老爸那天正是為了找鼎發生意外？

消失的鼎和失蹤的老爸，有什麼關聯？阿槌的心緒一下又波濤起伏起來，這消失的鼎像個宇宙大黑洞，快要把他給吞噬了！

天色已微微轉亮，藍哥想著即使能依照阿槌的描述畫出第九鼎的模樣，也來不及張貼尋鼎啟事了；小黃知道自己派不上用場，嗅覺再靈，也沒辦法靠氣味搜索一個從沒聞過的東西。無能為力的他們只好先讓阿槌自個兒調適心情，和員工們極有默契的加快動作。

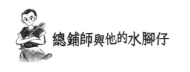

倒是阿洪特地清了清喉嚨，語帶輕佻說：「原來你少一鼎就做不了菜！」這話像根針，把阿槌給扎得彈直了身子：「能！我怎麼不能！」阿槌搖搖頭，清醒神智，開始俐落動起身來。

大家偷偷向阿洪比了個讚，果然只有擅長調味的阿洪，知道怎麼最「對味」的激勵阿槌啊！

藍哥捧著刀具箱經過阿洪身旁，故意蹭了蹭他的肩膀：「你一句話就攔截了第九鼎不見的焦慮，真是一言九鼎耶！」

阿洪眉頭縮皺，那飽經風霜的眉宇，看起來就像真的要結霜一般：「孩子，你蹺掉學校太多課了！『一言九鼎』可不是這樣用的。」

「我當然知道呀，它是形容一個人說的話很有分量。但你想想嘛，我們都是毛遂[4]自薦加入團隊的，現在你一句話激勵了阿槌，不就像戰國時代的毛遂，一席話展現無窮威力，成功說服楚王出兵支援趙國。我蹺課歸蹺課，歷史故事讀的可不少啦！別害羞，一言九鼎就是你啦！」藍哥說完，又蹭了蹭阿洪肩膀，跳上了貨車。

注

3.鼎：古代的煮食器，由蓋、耳、腹、足等部分組成，一般爲三足或四足。除此之外也是用於承裝食物的盛器、祭祀用的禮器、陪葬的明器。周代更是成爲階級權力的象徵：天子九鼎，諸侯七鼎，卿大夫五鼎，元士三鼎。

4.毛遂：戰國時期，趙國平原君的門客。平原君欲找二十名人才，遊說楚王合縱抗秦，但只覓得十九人。毛遂便自我推薦加入出使團隊，並毫無畏懼的分析利弊，成功說服楚王。後來平原君誇讚毛遂一言起了極大作用，使得趙國重於九鼎，被天下所重視。

四、瓜子校長好！

裝備就緒後，幾臺貨車駛出蜿蜒的巷弄，秋稻在晨風中玩波浪舞，抖落珍珠般的露水，頓時一股清新的氣息撲向敞開的車窗，小黃提醒身旁緊捏菜單、忙著在腦中演練流程的阿槌，「再深呼吸一次，多麼振奮人心的空氣啊，今天會很順利的！」

田野逐漸被成排的商家騎樓取代，貨車慢慢減速，在淡淡山城唯一一所小學「瓜仁國小」前停下，這就是今天的辦桌地點——瓜仁國小操場。

遠遠走來一位身形略為單薄的老紳士，卸貨架棚的大夥立即停下手邊工作，齊聲喊到：「瓜子校長好！」

「阿槌師，這陣子辛苦了！」淡淡山城凡四十歲以下的居民幾乎都是這所小學的校友，在瓜子校長的照看下長大。

阿槌困窘笑著，連連鞠躬：「校長，您還是叫我阿槌就好了啦！加個師，怪不自在的！」

阿槌還記得第一天上小學，老爸特地穿上最體面的襯衫、繫了領帶，彷彿老爸才是那個小一新鮮人般的慎重其事，在梳子上抹了髮油，把平日廚師帽下的亂髮梳得服服貼貼。在校門口遇到了歡迎新生的瓜子校長，老鑼師立刻壓著阿槌的後腦勺，「這是我兒子阿槌，請校長多多指教。」被按著彎腰敬禮的阿槌勉強抬頭，只能瞄見校長那條黑皮帶，這就是他對瓜子校長的第一印象。

至於瓜子校長對阿槌印象最深刻的，就是「找爸爸事件」了。

好幾年前，某個放學後的下午，瓜子校長巡視完空蕩蕩的校園，發現高年級的阿槌還揹著書包，坐在校門口，注視人來人往的大街，像在搜索什麼。

「你還在呀！怎麼不回家呢？」

「校長，你別跟我老爸說喔……我……我在找爸爸啦！」原來，從老鑼師那兒要不到身世解答的阿槌，異想天開的認為以自己傲視全班的身高，親生父親應該也是個高個吧！於是他好一陣子放學後，都待在人潮匯集處，留意高個的中年男性，然後再一一核對：寬濃眉、丹鳳眼、尖鼻頭和略為戽斗的下巴，這些讓他歸納出父子可能相像的特色。

「那麼你的搜尋成果如何？」瓜子校長提了提黑皮帶，在阿槌身邊坐下。

「嘿嘿！」阿槌做了個鬼臉，雙手打了個叉。

「你覺得老鑼師做你爸爸，不好嗎？」

「不會啊！他是滿分老爸啦！不過我還是會想知道自己從哪裡來，找到親生爸爸後，我有很多問題想問他啊！」

瓜子校長露出羨慕的神情：「哇，我兒子都成年了，也從來沒稱讚我是滿分老爸呢！他小時候倒是常說『人家XXX的爸爸比較好，都不會管東管西！』我實在太嫉妒老鑼師這個一百分了！」

「嗯……九十九分好了！扣一分，因為老爸每次教訓我都罵得太大聲啦，我現在也到愛面子的年紀了呢！」阿槌說完，像是放下了「找爸爸」這件事，和瓜子校長對著面前的車水馬龍，開懷大笑，

幾年過去，瓜子校長始終是白襯衫搭配暗灰色西裝褲，褲頭的黑

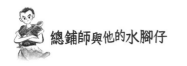

皮帶為了緊繫過瘦的腰身，多鑿了幾個孔洞，經年累月磨出淺色的屑痕，這樣的小細節，讓瓜子校長看起來更加謙遜和藹。

今天是瓜子校長為了慶祝兒子新居落成，席開十桌，邀請鄰里享用佳餚，感謝大家在工程期間的包容。

為此，阿槌在設計菜單時，特地安排了全雞料理，取閩南語「雞」和「家」的諧音，象徵「食雞起家」，以此來祝福對方順利興家立業。

「福袋全雞」這道料理工序繁複，特別是今日還少了一個鍋子，得專心趕進度了。

等校長打完招呼離開後，阿槌馬上分派任務、解說過程：藍哥負責最艱難的拆骨，一旦出錯讓雞身不完整，不僅會破壞美感，也失去祝福的寓意。去骨後如同布袋般的雞交給小黃，填進事先炒香的芋頭百菇餡，每隻雞都塞得飽滿扎實後，再放入阿洪熬製的高湯隔水悶蒸，直到雞皮入口即化，雞肉入味、一夾即散，才算大功告成。

藍哥面對砧板上的肉雞，屏氣凝神，瞄準雞脖下刀，抽開頸骨，依序劈開關節、刮淨筋絡，再若有似無的出力，將緊貼雞皮的骨骼割離，不一會就拆下整副雞骨。

眼見雞皮依然充滿光澤、毫無破綻，藍哥暈陶陶的滿足於自己絕美的刀技演出，忍不住右手揚刀，左膝高抬，儼然大俠一般擺出舞劍姿勢：「嘿！看我的厲害！」

「危險——」在眾聲制止下，藍哥又凝神拆骨去了。

同時，阿槌也著手製作「黃金香酥鰻」。他摸摸圍裙上的阿槌兩字，這次雖擔任總鋪師，但「師」這個字總是想要等老爸回來，得到正宗師傅認可後再繡上。

秋天的鰻魚正逢產卵季，特別肥美，尤其是醃了一晚的鰻魚，吸收了醬汁的鹹香後，更襯托出魚肉本身的鮮甜。

阿槌輕輕往魚塊拍上白芝麻，眼觀油色變化，耳聽油泡破裂的節奏，抓緊最佳時機將魚肉放入鍋中，登時劈啪劈啪迸出金黃色的油花。

棚架旁成列的欒樹正好位於「香味搖滾區」，纍纍蒴果一個個膨脹得如橘紅小氣球，把這場宴會點綴得更熱鬧了！

「太棒了，炸得恰到好處！」阿槌撈起閃閃發光的魚塊，對比過去將魚炸得比煤炭還黑的失敗紀錄，好想給老爸看看自己這段時日的進步呀，老爸會不會聲如洪鐘的說：「終於對得起瓦斯、火爐，對得起鰻魚啦！」

瓜子校長在親友鄰居的掌聲中宣布正式開席，工作棚內依然如火如茶運作著，切菜篤篤、油鍋滾滾、蒸氣騰騰，各式各樣的聲響一點也不輸宴席間的歡呼喝采。

五、鳳凰南瓜飛走了！

阿槌巡了一圈，目前進度良好，他暫且擱下少了一鼎的壓力，把「藍黃紅水腳軍團」召集到正燉著獅子頭的大鍋前，打算分享銅鑼外燴團的獨門心法。

阿槌撈出拳頭大的獅子頭，刀口一劃，濃郁湯汁便涓涓淌出，切作三等分後，絞肉塊仍像三座小丘扎實、彈性十足的立著。

「過去，我爸總是提醒我『嘗一口，數十秒』，讓食物入肚後，從咽喉深處升起第二層滋味，這樣才能通盤了解料理。身為總鋪師，必備『嘗鼎一臠[5]』這一心法，品嘗鍋中一塊肉，就可以知道整鍋食物的味道。嘗過後，不需急著下判斷，好好反芻思索，我老爸就是這樣教我，慢慢鍛鍊出由小知大的敏銳度的。」

美味的食物就是有神奇的感染力，品嘗過獅子頭後，阿洪察覺白胡椒粉可以提升肉的鮮甜，他回到工作檯現磨胡椒粒，摻入適量的蒜粉，迅速發放各桌，大家搭配著剛上桌的龍蝦冷盤，直誇天然的辛嗆烘托龍蝦的原味，滋味更有層次了。

小黃受獅子頭起鍋前撒下的那把蒜苗啟發，他理解任何一個步驟，都能對香氣造成關鍵性的影響。「對！一定要更細膩的體察每個環節才行。」他舒展胸膛，連做了幾個深層呼吸鼓勵自己！

至於藍哥，正著手製作裝飾甜點盤的蔬果雕花。甜點「闔家團圓」是象徵新居生活團圓美好的炸湯圓，藍哥打算用南瓜雕出鳳凰，架在圓盤上才氣派呀！

她先用菜刀將南瓜劈出約略的輪廓，再換上雕刻刀，細細鑿出昂

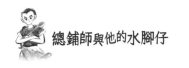

揚朝天的鳥喙、優雅的長頸、舒張的尾羽，尤其是一支疊著一支，層理繁複的羽翼，令鳳凰更加栩栩如生，端菜阿姨們經過都驚嘆的說：「再雕下去，就要飛走囉！」

「還沒畫眼睛啦，哪能飛？」藍哥用筆尖蘸了食用色素，輕輕描出一側眼珠，鳳凰的神韻已截然不同；再換角度點上另一眼，輕抓鳥身的手掌忽然感到一陣暖意——鳳凰居然有了「體溫」，藍哥甚至能感應羽毛下有著一顆小巧、激越跳動的心臟！

鳳凰局促不安的扭動身子、細腿踢了又踢，兩顆眼珠炯炯發光，發脾氣似的直瞪著藍哥。

「唉喲！這是怎麼回事啊！」藍哥覺得自己就要握持不住，手一鬆，鳳凰「啪——啪——」振了振翅膀，款擺長尾，飛走了！

丟下工具和一顆顆的南瓜，藍哥趕忙追出棚外，緊盯著鳳凰，就怕一不留神就跟丟了，「喂喂，搞清楚，你是南瓜做的，再往太陽飛，小心烤成南瓜乾！」

鳳凰降落在一株修剪得相當高雅的矮樹盆栽上，藍哥輕手輕腳靠近，一把將牠抱進懷裡。「想不到我的功力已達『畫鳳點睛』的境界，現在還得捕鳥！」她望向四周，這庭園也太美了，小橋、流水，一旁還有門廳氣派、富麗堂皇的房舍，難道母校也想發展成特色小學，新建了主題園區？

「這是你養的鳥？」背後傳來的問話嚇了藍哥一跳：噢！我該不會闖進民宅了吧！她尷尬回身，哇，第一次見到這麼華麗復古的「睡袍」，這男主人真有品味。

對方又問了一次：「這是你養的鳥？」

「是，呃，也不是。」藍哥還沒想到該怎麼解釋這隻南瓜鳥，男

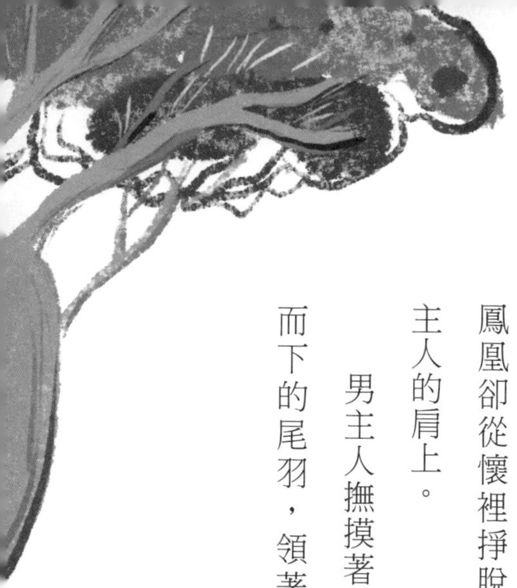

主人已經打開話匣子：「我第一次見到這種髮型呢，哇，那鷹栩栩如生，像是要朝我飛來一樣！過去，我一定會立刻持弓放箭，捕獵炫耀一番！你讓我想起一個改變我一生的謎題，你想猜猜看嗎？」

藍哥覺得倒楣透了，會飛的南瓜已經夠離奇，現在還碰到愛聊天的鄰居。她正轉身要走，鳳凰卻從懷裡掙脫，飛到男主人的肩上。

男主人撫摸著鳳凰披垂而下的尾羽，領著藍哥在

小涼亭歇坐：「哈哈，看來這隻鳥想猜呢，你也聽聽吧！有隻模樣神氣的大鳥棲息在南方山丘上，一停三年，不飛也不叫，請問是什麼鳥呢？」

藍哥被猜謎吸引住了：「死掉的

鳥？」

「哈哈哈！小弟，你很幽默耶！」

「什麼小弟，我頭髮雖然短，可是不折不扣的女生耶！」

男主人搔搔頭：「抱歉抱歉，敢問姑娘芳名？」

「你可以叫我藍哥，藍色的藍，大哥的哥。」

「我被弄糊塗了，你才說你是女的，又說可以喊你哥？莫非也是一道謎語？」

「你趕快公布答案吧！我還有正事要忙呢！」

「聽好囉——這隻鳥，就是我！」男主人昂起臉，得意的把長袍往後一甩：「雖無飛，飛必沖天；雖無鳴，鳴必驚人！」

答案揭曉的第一時間，藍哥還以為碰到個「怪叔叔」，但後面這句話怎麼有點熟悉呢？「我年輕的時候，只愛打獵玩樂，即位三年毫無政績，還不准大臣勸諫。好在有臣子用謎語點醒了我……」

「等等！你是……春秋五霸之一的楚莊王？」藍哥不可置信的大叫，那拔高的音量似乎很得鳳凰喜愛，立刻跟著共鳴幾聲。

「我現在離稱霸中原還有一小段距離呢，而且，我最近還被教訓了一頓，想起來真是顏面無光，唉——」

原來，春秋時期，王室勢力減弱不少，諸侯相互征戰、外族又舉兵入侵，周天子這「天下共主」的地位已是有名無實，諸侯們紛紛打著九鼎的歪主意。楚莊王率兵北伐戎族，一路戰到周朝的都城，故意在都城駐軍，想向周天子炫耀自己的武力。

周天子知道後，派大夫王孫滿前去慰勞。意氣風發的楚莊王趁機打聽九鼎的大小與重量，卻遭到王孫滿義正嚴詞的訓示：「九鼎的大

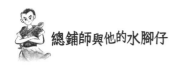

小輕重，關鍵在於君王的德行，君王品德高尚，鼎將重得無法移動；換作暴君，就算鼎再大，也會輕易被移走的！君王的地位是由上天賜予，以你的身分根本不應該問鼎[6]有多重！」於是聽了這番話的楚莊王，只好慚愧的打道回府。

「就這樣被教訓了一頓，實在太丟臉了。不過謝謝你帶來這隻鳥，我一看到牠，想起那道謎題，也振作了不少！」楚莊王傾斜肩膀，讓鳳凰跳進藍哥的懷中，不過，他的話匣子可還沒關上，話鋒一轉，聊起了養鳥須知：「這麼大隻的鳥，你平時養在哪兒？籠子裡嗎？再怎麼漂亮的鳥籠，對鳥來說，還是比不上鳥巢來得像家啊……」

楚莊王說得口沫橫飛，藍哥卻無心聆聽，想著：怎麼可能！我居然碰到了楚莊王，莫非這是哪個劇團在即興演出……不過，南瓜鳳凰起飛又該如何解釋？

「對了，藍哥，你剛說有正事要忙？」楚莊王這麼一提，藍哥才驚覺自己離開崗位太久了，阿槌他們一定找人找到七竅生煙了！

「的確該走啦！不管你是真的楚莊王，還是在扮楚莊王的演員，都祝你早日稱霸！」她急急起身，跑出涼亭、穿過有小橋流水的庭園，一路往工作棚狂奔，緊抱著的鳳凰像是在為她助陣，放聲啼鳴。

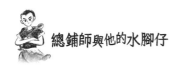

「嘿，你剛剛是『不飛則已，一飛沖天』；現在是『不鳴則已，一鳴驚人[7]』嗎？等等大家看到你，一定會嚇昏的！」

追鳳凰的時候，完全不覺得自己跑了這麼遠，藍哥倚著工作檯吁吁喘氣，這才發現懷中的鳳凰已不再高歌，看起來就是一個精緻、不會到處亂飛的南瓜雕刻。她回頭拉長脖子，往楚莊王所在的方向看去，只有跑道、籃球架、沿跑道外圍植下的校樹，哪裡有庭園、氣派的房舍呢？

小黃走了過來，拿著芋頭敲了敲藍哥的腦袋：「很有閒情逸致耶，在欣賞校園喔？」

「操場再過去那頭有什麼？」

「停車場呀！你不是才剛從小學畢業沒幾年，這麼快就忘了？怕你忘記，容我好心提醒一下，還有九隻鳳凰要刻喔！」

迷惘中，藍哥的雙手已重新拿起刀具在南瓜上迅速動了起來，腦袋卻仍回想著方才的點滴。

「再怎麼漂亮的鳥籠，對鳥來說，還是比不上鳥巢來得像家啊！」楚莊王最後的那句嘮叨，就像後製了回聲效果一樣，在腦中反覆震盪。

藍哥發覺楚莊王給了她一個絕妙點子，趕忙請小黃將手中的芋頭刨絲、灑上海鹽調味，再找阿槌要了兩個濾網勺，一支鋪滿芋頭絲，另一支壓在上方定型，交由阿槌油炸，完成後就是一枚香脆的碗狀鳥巢了！

藍哥用鳥巢取代圓盤，放進湯圓，並將南瓜鳳凰架在鳥巢邊緣，「哇，有鳳凰，又有蛋，這下真的是『闔家團圓』了！這主意太讚了！」阿槌和小黃的讚嘆把大夥引了過來，直誇巧奪天工。

藍哥愈看愈覺得鳳凰半敞的羽翼，不是準備一飛沖天，更像歛翅歸巢，更符合這場宴席的主旨呢！

靠著大夥的通力合作，龍蝦冷盤、福袋全雞、金黃香酥鰻、紅燒獅子頭、闔家團圓……一道道佳餚陸續上桌。

可愛的鄰居們個個都是熱情的饕客，每次出餐堪比迎賓大典，除了把料理當作大明星熱烈迎接，此起彼落的手機閃光燈、相互夾菜的體貼笑容和滿足的讚嘆聲，令這連綿的七彩拱型帳篷彷彿無憂的人間樂土。

阿槌從工作棚欣賞這幸福的景象，慶幸著「好險沒凸槌啊！」等會兒就能端出水果，為這場宴席畫下完美句點了。

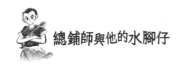

注

5. 嘗鼎一臠：品嘗鍋中的一塊肉，就可以知道整鍋食物的滋味，後比喻可由部分推知全體。出自《呂氏春秋・愼大覽・察今》：「嘗一脟肉而知一鑊之味、一鼎之調。」

6. 問鼎：楚莊王征伐外族後，在周室疆域檢閱軍隊。周定王派遣王孫滿慰勞，楚莊王便探問九鼎的大小輕重，有圖謀君位之意。後用來指覬覦王位，謀取政權；或指謀取最高榮譽、地位。

7. 一鳴驚人：比喻平時默默無聞，而後卻突然有驚人的表現。春秋時，楚莊王統治朝政三年，無所作爲，大臣勸諫：「楚國高地有一大鳥，棲息三年，不飛不鳴，這是什麼鳥呢？」楚莊王明白這是以大鳥來影射他，便回答：「大鳥三年不飛，飛則沖天；三年不鳴，鳴必驚人。」後來楚莊王奮起圖治，成就霸業。

六、菜尾佳餚「鼎邊趖」

宴席結束，客人也慢慢離場，瓜子校長走來後場，阿槌注意到校長的腰帶難得的鬆放了幾格，瘦薄的上身凸起了小腹，看來是吃得很盡興了。

「阿槌，今天真是辛苦你和每位員工了，你精湛的手藝著實令我佩服，你爸爸要是知道了，一定以你為傲。」

阿槌學著老鑼師過往每一場宴席尾聲誠摰向客人道謝般，朝校長深深一鞠躬：「謝謝您給銅鑼外燴團為您服務的機會！」

瓜子校長不好意思的說：「我還有個不情之請，好久以前，我的婚宴正是由老鑼師掌廚，大家都稱讚菜色是『百年難得一吃』的美味，我跟老伴卻忙著招呼賓客，根本沒吃上幾口。等送走客人後，我倆肚子餓得咕嚕咕嚕叫，老鑼師一發現，便停下收拾的工作，重新熱鍋，利用菜尾煮出豐盛的粿湯。」

瓜子校長抿了抿嘴唇，「啊，那真是此生最難忘的美味！阿槌，你願意幫我們重現這道料理嗎？」

菜尾大變身，對阿槌來說一點也不難。看著瓜子校長站在老主顧的角度聊起老爸的模樣，阿槌不禁有些激動，這一百天，老爸並沒有消失不見，而是以懷念的滋味做為線索，留在顧客心中啊！尤其菜尾粿湯是他童年時，跟隨老爸工作一天終了，最期待的魔術時刻。

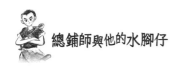

老鑼師常在收工之際煮沸鍋水，調一碗在來米漿，沿鍋邊澆下，米漿遇熱凝成薄皮狀，在湯鍋有如白蛟龍翻騰游動，阿槌老是看得出神。

「這畫面臺語唸『趖』，記住喔，這道料理就叫『鼎邊趖[8]』！」等待菜尾湯加熱的空檔，老鑼師最愛重提「闖王」李自成的故事。

相傳明末時，率領人民叛變的李自成為了躲避官兵追補，逃至鄉間，向農家乞討果腹充飢的食物，由於已過用餐時間，村民便以米漿製作米皮，加進當晚的剩菜殘湯，即是「鼎邊趖」的原型。「後來，李自成登基稱帝，便將這民間料理列為宮廷佳餚。在落難時得到一碗熱騰騰的食物，必定能恢復精神，繼續戰鬥下去吧，這就是食物帶給人們的慰藉呀！」

阿槌看看工作檯上，還有全雞填餡剩下的香菇、獅子頭的白菜和紅燒湯，鼎邊趖該有的材料一應俱全——缺的是鍋子呀！為了趕赴下一場宴席，八個鼎已先被載去下個會場，就連員工也都撤得差不多，只剩水腳軍團和幫忙收拾的外場人員了。

阿槌摸著圍裙上的繡字苦思，雖然和附近人家借個湯鍋是易如反掌，但想做出薄而彈牙的米皮，一定得仰仗大鐵鍋均勻迅速導熱。該怎麼做，才不讓校長夫婦失望呢？

忽然，阿洪對貨車停靠的方向大喊：「是誰在那兒鬼鬼祟祟！出來！」

只見「皇家外燴團」的負責人「秦快師」從車斗後方探出頭來，

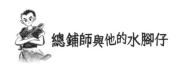

一副偵查敵情被發現的困窘表情：「你們……是不是少了鍋子啊？」

阿洪嗤了一聲，捲起袖口，露出壯碩的手臂，上頭的老虎、蛟龍齜牙咧嘴的，彷彿隨時要朝獵物撲跳，阿洪正要開口，藍哥就搶著把話接下去：「你沒讀過楚莊王的故事嗎？不曉得跑到別人外燴地盤『問鼎』，非常沒有禮貌？」

氣氛一下緊繃起來，正在尋思的阿槌更茫然了，這是什麼情形？跟老爸王不見王的秦快師，怎麼會知道鍋子不見的事；至於藍哥說的……辦桌有不能問鼎的規矩嗎？

秦快師連連搖頭否認，他那由帽子一路黑到膠鞋的工作裝，讓垂著一雙細眼的臉龐看起來慘白無比，「大家先聽聽我解釋啊！」

原來，「銅鑼外燴團」的晚宴場所，剛好是「皇家外燴團」午宴的地點，兩方員工一邊忙著收拾撤場、一邊忙著卸貨整頓，也一邊聊了起來。

「我就是在那邊聽到鍋子不見的事，所以才跑來這看看需不需要幫忙。過去，我和老鑼師打對臺，要是辦桌地點恰好在附近，就更加渾身解數，把最好的菜色端上桌，想盡辦法要讓他輸得顏面無光，大家私下也形容我們是一山不容二『師』；但其實我們對彼此的好手藝都是惺惺相惜的。」

秦快師回憶說，有一次宴席前水腳們不約而同重感冒，眼看人手不足就要開天窗了，就在這時，老鑼師帶著團隊現身了，「我還以為他們是特地要來看我出糗的呢！沒想到老鑼師詢問當日菜單後，立即著手備料，只對我說了一句：『別擔心，讓客人們飽餐一頓吧！』就像當時老鑼師出手相助，今晚我的外燴團沒有工作，鍋子都是空的，可以借你一用！」

見來者並無惡意，甚至是雪中送炭，阿洪默默拉下袖口，將龍虎收回袖籠中。

秦快師一陣委屈：「而且，把我比做問鼎的楚莊王，是不是看不起我，覺得『皇家外燴團』只是辦桌界的小諸侯？」

藍哥搔搔頭道歉：「真是不好意思，我這人

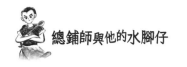

講話就是搶快，沒弄清楚就急著逼問您，送您這塊南瓜雕刻，跟您賠罪。」

秦快師接下栩栩如生的鳳凰果雕，瞇起那雙小眼睛，暗暗打量這個不過十來歲的女孩。

「那麼，事不宜遲——」，小黃將「皇家外燴團」的大鍋搬到爐上，阿槌快速攪拌著碗裡的在來米漿，等鍋水沸騰，便傾斜碗口，在高空俐落的畫了個圓。看飛瀑般的米漿旋即化作比白絹更細緻的米皮，眾人也跟著驚呼一聲，那反應和阿槌小時候欣賞老爸變菜尾魔術時如出一轍，讓阿槌好有成就感。

「秦快師，不嫌棄的話，也留下來吃一碗吧！」阿槌直覺老爸的消失或許和秦快師有關，得先和他拉近距離，再找機會旁敲側擊打聽消息。

瓜子校長夫婦、水腳軍團、秦快師與阿槌，一人捧一碗冒著熱煙的鼎邊趖，坐在賓客盡散的拱型帳棚下，棚外是秋老虎的午後豔陽，橘紅色跑道被晒得發燙，像要燃燒起來似的。

秦快師一下就吃到碗底朝天，小眼斜睨著阿槌：「頗有乃父之風！」

藍哥、小黃和阿洪都一臉平靜，壓下想讚頌美味的熱切，謹記著阿槌傳授的「嘗鼎一臠」心法：嘗一口，數十秒。

只有瓜子校長和夫人疑惑望著彼此。

「不一樣嗎？」阿槌緊張詢問。

「也不盡然，口感、滋味幾乎是一模一樣了，但說不上原因……是氣息嗎？」瓜子校長歪著頭，籠統的說著，小黃倒是抓到了關鍵詞「氣息」，閉上眼猛力一嗅——

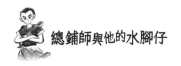

注

8. 鼎邊趖：源於福建的米食小吃。「趖」，爲閩南語詞彙，原義爲蠕動、游動，在此即指米漿沿鼎邊翻滾的動作。

七、子路的願望

好香啊！咦，這不是鼎邊趖的香氣啊？小黃睜開眼，發現自己就像戴上虛擬實境的眼鏡，場景瞬間切換，炎熱的操場、棚架下的夥伴們全都消失了，充滿鄉村懷舊風情的土牆下，有一口正冒著蒸氣的小鍋，不需打開鍋蓋，小黃已經聞出裡頭是煮得恰到好處的白米。

「哈囉！有人在嗎？你的飯要煮好囉！再不熄火，就要變鍋粑啦！」小黃東張西望的嚷嚷著。

「來了！來了！」一個頭上插著雄雞羽毛、身上配戴野豬獠牙的壯漢跑了進來，他身形雖粗獷，卻溫柔掀起鍋蓋，拿著飯勺小心翼翼地往鍋底翻了兩下：「米飯的香氣，光是聞，就飽了一半了！」

「我倒是餓了一半呢！」小黃看著壯漢添了一大碗，那晶瑩剔透、粒粒飽滿又帶著一點黏性的白米小山丘，讓他忍不住偷偷嚥了嚥口水。

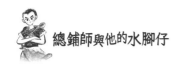

「不好意思，這白米是我特地從百里遠扛回來孝敬父母的，沒有多餘的能跟你分享啦！」壯漢盛好第二碗，便把年邁的父母牽來，「爹、娘，趁熱吃！今天多虧這位先生喊我，及時熄了火，飯煮得軟硬適中呢！」

壯漢安頓好父母用飯後，向小黃打了個揖，頭上的雞毛晃呀晃的，有點滑稽：「請原諒我的無禮，還沒請教大名！我是仲由，你也可以叫我子路。」

仲由、子路？小黃想起在《二十四孝》故事裡讀過「百里負米」的仲由，這個仲由後來成了孔子的學生。小黃讀中學時，還曾因為

《論語》裡某則「子路曰」背得不夠熟，被扣了分數哩！

小黃外表淡定，心中卻震撼無比：這該不會就是科幻電影裡的穿越時空吧！「子路，久仰大名，請叫我小黃就好。」

「我一介農民，哪有什麼大名可久仰！小黃兄不嫌棄的話，要不要和我一起喝碗野菜湯呢？」子路從衣領間撈出一把野菜，小黃一看到那青翠中

帶著一抹紫紅的葉片，立刻辨認出那是時下最流行的保健蔬菜——紅藜葉，「你應該也讓爸爸媽媽吃些野菜，這裡面可是富含營養呢！」小黃建議著。

子路將紅藜葉撒進沸湯裡，「哪能讓老父母吃這隨手摘的野菜呢？有朝一日，等我有出息了，必定餐餐備妥山珍海味，孝敬父母。」

雖然提議不被接受，但子路的一片孝心，仍讓小黃頗為感動。他看著子路在這幾乎可說是家徒四壁的小土房裡，為雙親能一口接一口慢慢咀嚼柔軟的白米，而心滿意足的喝著野菜湯，那畫面簡直和小時候那本《二十四孝》故事書上的插圖如出一轍，也讓小黃想起了完整的故事內容：後來，子路的父母死了，而他當上了大官，累積了財富，出門有眾多車馬跟隨，家中米糧多得吃也吃不完，座位上鋪著一層層又厚又軟的坐墊。吃飯時一個個裝著山珍海味的鼎擺列在面前（列鼎而食[9]），子路卻放下筷子嘆息，比起榮華富貴的生活，他更懷念過去父母健在的時光，寧願吃著野菜，繼續為年老的父母走上百里路途扛回甘甜的白米，可是卻再也沒有機會了。

小時候認為只是個故事，翻過一頁就到下個故事去了，沒想到主角就在眼前，小黃感到強烈的酸楚從鼻頭往兩眼之間衝去，頓時泛起熱淚，他不知道該怎麼告訴子路，他的父母根本來不及與他共享山珍海味。

「是不是破屋子的土灰，讓小黃兄眼睛不舒服啦？」子路咂咂嘴，「不過，在破屋子裡，我喝口湯，配著從破窗灌入的鹹風，看父母吃口飯，搭配屋頂茅草被陽光晒出的乾草香。這種克難環境中才有的幸福氣息，以後一定很難忘吧！」

克難環境中才有的幸福氣息……小黃才剛擦去眼角餘淚，又被子路這話感動得一把眼淚一把鼻涕的。

他抓起圍裙在臉上亂抹一陣，居然把靈感也給抹了出來：「鼎邊趖少的那個氣息，我知道了——是環境！」他在心中歡呼，想立刻告訴大家他有好點子了，可是，該怎麼穿越時空，回到現代呢？

小黃只好一臉尷尬的問：「請問，要怎麼離開這裡？」

「招待不周，真是抱歉！等我下回多扛些米回來，請小黃兄務必再來吃飯！」子路陪著小黃走到柴門旁，「出了門請小心走，最近我在門外挖了幾個坑做陷阱，想捕獵添些野味進補，可別掉下去啦！」

小黃不知該怎麼解釋，自己不只是想走出屋子，而是離開這個時空，只好把柴門推出一道隙縫，舊朽的門軸發出「咿呀——」的摩擦聲，小黃祈禱：但願這扇門是哆啦A夢的任意門！

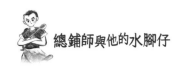

「子路，好好珍惜和父母一同用餐的時光喔！」小黃叮嚀完，將柴門一口氣往外推，萬丈金光登時洶湧而來，「好刺眼，是剛才操場上的陽光！」他下意識瞇起眼睛，往前踏了一步……

小黃感覺自己踏空了，「要摔進坑裡啦！」他伸手想抓根「救命的稻草」，下一刻卻「砰！」的一聲重重落地。

「你是清晨開工體力用光了嗎？好端端的突然跌下椅子，嚇死人了！」阿槌一把將小黃拉起。

大家還在關心小黃有沒有受傷，他卻急著轉換話題：「是環境！我知道鼎邊趖哪裡不一樣了！校長，你們結婚請客的場地在哪呀？」

「就在這呀，不過多年前這兒還是一片稻田，我們趁著收割前夕，在晒穀場宴客。」校長夫人溫柔回憶著：「當時正值稻穗金黃的秋天，一片金光燦燦的，總覺得風吹來都是金色的呢！」

「就是稻田和金風呀！校長說的氣息不同，問題不在阿槌的鼎邊趖，而是環境。四十年前，這兒可沒有ＰＵ跑道隱隱飄出的橡膠味，一畦畦結穗低垂的稻穗，也跟這整齊、單調的跑道截然不同吧！老鑼師的鼎邊趖之所以難忘，秋季的田園氣息這關鍵可不能少。回憶中的滋味，除了食物本身，一起用餐的對象、環境的點滴細節，一定都會被慎重的珍藏著呀！」小黃說得口沫橫飛，像是要把剛才在小土房中的感動盡情宣洩一番。

「我都不知道你原來這麼的肉麻！」藍哥接著小黃的最末一語，雙手在胸口比出愛心的形狀。

「唉喲！不要調侃我，還不是子路他啊，啊……算了，說了你們也不信！總之，校長你如果願意，要不要把鼎邊趖打包帶去田邊野餐

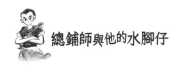

呢？早上我們來的路上，才在途中欣賞了隨風搖舞的稻浪，那清新的空氣實在令人心曠神怡。而且，打包本來就是辦桌傳統嘛，兩位就去『懷舊野餐』一下吧！」

瓜子校長人和夫人相視而笑，「瓜仁國小的孩子一個個都長成可以倚靠的大人了呢！」

阿槌真佩服小黃能找出影響氣息的關鍵，起身將剩下的鼎邊趖加熱，倒入小提鍋，交由小黃護送校長夫婦到校門口。

「咦？秦快師呢？」藍哥第一個發現秦快師不知什麼時候離開了，「果然是『勤快』師，『腳勤』先走啦！」藍哥對自己的諧音雙關笑話非常滿意，上氣不接下氣的哈哈大笑，無力向沒聽出雙關語義，完全不懂有什麼好笑的阿槌解釋。

阿洪將秦快師出借的大鼎扛去清洗，他捲起袖子，右手探盡深鼎，「是矯情嗎……」等待水注滿時，阿洪思索著「矯情」一詞，回想秦快師的一舉一動。水慢慢淹過他的手腕、手肘，直到臂上整條蛟龍浸入水中，在波光折射下，盤繞的龍身看上去更立體，彷彿正一點一點旋動著身子，每片龍鱗都迸放著光芒。

阿洪回過神，注意到臂上的龍鬚和龍鬃竟在水面下款款擺動，他想把手抽回瞧清楚，手臂卻用更大的力量往反方向拉。

「見鬼了！」阿洪稍加力勁抵抗，下一瞬間，就被自己的手臂拖進水裡——更確切的說，整個人消失於鼎中……

注

9. 列鼎而食：陳列滿桌佳餚，形容豪門貴族的奢侈生活。

八、秦始皇撈鼎

這兒比鍋子大多了！起初，阿洪還反射性的憋氣自保，很快他便發現無須擔心嗆到水，能正常呼吸外，眼睛也能自如睜看，視力甚至比在陸地上還清晰。

他想划划手腳、動動身體，卻察覺不對勁，低頭一看，哪有什麼手、腳，只有指節如岩、爪尖鋒利的龍掌；再回過頭，鑲著棘刺的龍尾正一擺一擺，打出成串的泡泡，這不可思議的情況，讓平日鎮靜寡言的他也慌了「手腳」——我跟龍合體了？還是我變成了龍？

顯然，這裡不是秦快師的大鼎，四周時不時有魚蝦游過，「是淡水魚……」阿洪判斷自己應該是被龍帶到某條河中了。

「咚咚咚！」「喲呵呵！」水面上傳來響亮的鼓聲和人群整齊的吆喝，像是在加油助陣，阿洪嘗試游向水面想探個究竟，龍身卻不聽使喚，朝更深處下潛。這下他明白了：雖然還保有獨立意識，但自己是無法控制龍的行動的。

蛟龍的速度一點也不快，碩長的身軀在水草河石間迂迴前進，簡直是一艘埋伏敵區、謹慎偵查的潛水艇，完全不如神話裡描述的矯健勇猛。阿洪有些不耐煩，卻也使不上力。

不久，水流起了動盪，魚群驚慌游竄，清澈的河水愈趨混濁。混亂之中，數十名壯漢抓著繩索的一端潛進水中，像在搜索什麼，蛟龍潛藏在水草叢後方窺伺，暗綠色的鱗片、棕灰色的角與爪，在水底形成極完美的保護色，「該不會是來捕龍的？」阿洪慶幸當初刺青時，沒挑個大紅大紫的搶眼色彩。

這時，一名男子揮了揮手，示意大家跟上，蛟龍也匍匐在河底，半爬半游的接近，來到壯漢集合處。

如果能控制身體，阿洪一定會揉揉眼睛，太奇怪了，河裡怎麼會有這麼巨大的青銅鼎！一發現鼎，壯漢們立刻在鼎腹和鼎腳綁好繩結，齊力拉著繩索往上游，可是大鼎依舊文風不動，有人憋不住氣，一嗆鬆開了手，漂浮上去。不一會鼓聲更熱烈、加油聲更激昂了，看來是剛才那人通報了消息，果

然，更多壯漢跳進水中加入這場「人鼎拔河」，他們的臉因為一邊憋氣一邊用力而鼓脹變形，看起來痛苦極了。

數不清到底追加多少人力，眼前畫面大概只能用「人滿為患」來形容了！忽然，鼎身一傾，一隻鼎腳離開河床，十多名壯漢趁勢鑽到鼎腳

下方，使勁將鼎往上推。龐然大鼎像是棄賽的相撲選手，一下放鬆了戒備，在眾人前拉後推下，順利朝河面移動。

以往這團結一心的情節總會令阿洪熱血沸騰，此刻他卻彷彿守護的寶物被奪走般憤怒，「到底是誰在打鼎的主意？」莫名的情緒轉化成一股衝動，竟讓阿洪控制了蛟龍，他龍爪一提、長尾一擺，起身追了上去。

「嘩！」鼎剛離開河面，狂妄的大笑立刻蓋過水花聲：「哈哈哈，繼續拉、繼續拉呀！沒想到東巡路程中，也能找到沉淪在泗水中的九鼎之一。現在，不枉費朕齋戒祭拜，果然靈驗！得到鼎，誰還能質疑朕這始皇帝不是正統天下共主！哇哈哈哈！」

蟄伏在水面下的阿洪思索：「始皇帝，難道是秦始皇？」他奮力自水中躍出，騰空一個甩尾，扭頭想看清自稱始皇帝的人物。

「是龍！是泗水裡的龍！」「我的老天啊！我渾身發軟了……」數千個緊抓繩索的工人們一看到龍，不是驚慌的胡言亂語，就是跪地對著傳說中的神獸膜拜。

「誰也不准鬆手，好不容易才把鼎拉上來啊！」秦始皇一邊下令，一邊揮舞雙手作勢阻擋，黑色的長袍迎風啪啪作響：「哼！就算是龍，也別想奪走朕的鼎！」

阿洪一雙銳利的龍眼往秦始皇一瞪，在空中迴旋一圈後，發出如雷的吟嘯，閃電似的直直朝鼎飛去，齒爪並用，一下就將繩索咬斷。

「嘩！」鼎摔進滾滾河水中，滔天的水花潑溼了岸上的人們，有人大喊：「一定是我們的撈鼎行動觸怒泗水裡的蛟龍了！」

大家紛紛扔下鼓棒、繩索，對天空雙手合十求饒；只有秦始皇高舉雙拳，氣急敗壞的仰頭，朝龍吶喊：「把朕的鼎還來！把朕的鼎還來啊！」

阿洪俯瞰被陽光刺得睜不開眼的秦始皇，愈看愈眼熟，這張臉在哪兒見過？他想再飛近些看個仔細，卻失去對龍身的控制，垂直往河面墜落——

「咳、咳、咳、咳！」阿洪嗆了一大口水，從鼎中拉起上身，頭頂到下巴、衣領到胸膛，全都溼淋淋的，滴滴答答落著水珠。他從自己奇特的跪姿推測，應該是等待注水時打了瞌睡，睡夢中上身才會不知不覺沉沉倒進鼎水中。

藍哥抱著最後一籃餐具經過：「阿洪，你是童心未泯，還在玩水喔？東西都收拾完畢了，等你洗好鍋子，就要去下一站啦！」

阿洪撫摸手臂上的龍紋身，沾著水的鱗片閃耀著綠色光澤，讓剛才經歷的一切更顯真實。他往鼎底擠了些清潔劑，刷出大大小小的泡泡，腦海不斷浮現秦始皇最後大喊的那張臉——「是秦快師！」

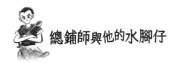

九、神遊的料理靈感

折騰好一陣子，貨車總算啟程開往晚上的辦桌地點。阿槌和水腳軍團坐在車斗裡，一旁是秦快師的鍋子，他滿足的一嘆：「藍哥、小黃、阿洪，謝謝你們陪伴我完成第一場辦桌。感覺老爸也在某個地方看著我，為我祈求好運呢！對了，之後也要好好感謝秦快師，沒有他的鍋子，就沒辦法為瓜子校長煮鼎邊趖了！」

阿洪想到秦快師和秦始皇神似的面容，渾身起了雞皮疙瘩，就算是夢，他也覺得這夢境好像要提醒他什麼，他故作輕鬆試探：「秦快師和老鑼師除了是競爭對手，還有什麼關係嗎？」

「他們都是淡淡山城第一位總鋪師『閻羅師』的徒弟，我老爸雖

然比秦快師年長幾歲，但拜師較晚，還是要尊稱秦快師一聲師兄。聽說閻羅師就像閻羅王一樣，嚴苛的訓練堪比上刀山、下油鍋，秦快師幾次受不了逃出去，事後又回來拜託閻羅師收留，都是我老爸幫忙求情的。」

「那他們過去感情應該很不錯囉？」阿洪繼續追問。

「也不算，閻羅師退休前讓徒弟分別去見他，贈送一件辦桌器具作為傳承，並要求大家不能對任何人透露自己拿到什麼。聽老爸說，秦快師非常不滿意自己的禮物，還當場跟閻羅師爭執，認為閻羅師偏心，一定給了我老爸更好的東西。不過，這都是好久以前的事啦！」

「難道秦快師現在還在介意這件事嗎？」阿洪一手支著下巴喃喃思索著。

「咦，對秦快師這麼好奇，一點也不像你，明明平常連自己的來

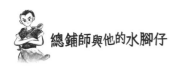

歷也絕口不提呀！還有啊，藍哥、小黃，你們今天也說了一些奇怪的話，什麼『楚莊王』、『問鼎』、『子路』，怎麼一回事呀？」

於是，水腳軍團輪流說起虛實交錯間，穿越時空的奇遇，阿槌聽得羨慕極了：「太過分啦！你們居然各自去『神遊』，沒有揪我同行！」

藍哥雙手叉在胸前：「拜託，來去也不是我們能掌控的，現在一想，好險有回到現實，我才不想永遠杵在那聽楚莊王大談養鳥心得哩。」

「倒是子路還尊稱我一聲『小黃兄』，哼哼！我就原諒他害我國中考試扣分的事情好了！」

小黃那驕傲滿意的模樣立刻被藍哥吐槽：「拜託，他一定是被外表誤導，以為你年紀比他大啦！」

眼見鬥不過藍哥的伶牙俐齒，小黃把目標轉向阿洪，「你們看，要是阿洪留在泗水，就得永遠當一條龍——啊，是被困在龍身裡的男子，哈哈哈！」

小黃忘情拍手大笑，只有在這個時候，他看起來像二十四歲，而不是「困在四十二歲大叔身體裡的青年」。

結束晚宴、歸還借來的鍋子，阿槌回到家已經是深夜了，他打開冰箱，想找點食材做宵夜，瞥見生日那天做的三顆紅蛋還原封不動放在冷藏櫃角落。

「第一百天了。」

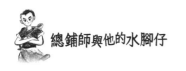

阿槌忽然沒了食欲，「子路的心情，我懂啊！」他闔上冰箱門，回想今天回到春秋時代的藍哥和小黃，找到讓料理更臻完美的關鍵；去了一趟秦朝的阿洪又說覺得其中藏著暗示——會不會這些都是尋找老爸的線索呢？

冰箱上貼著淡淡山城的地圖，幾乎要被代表搜尋無果的紅叉叉填滿了，阿槌不知哪來的靈感，從書架抽出《中國歷代地圖集》，反覆觀察著東周春秋時代和秦朝的地圖。

「東周的都城在洛陽，秦朝的都成是咸陽。都是陽……兩個陽……」

阿槌眼皮愈來愈沉，坐姿愈來愈歪斜，他用最後一點力氣按下快速通話鍵，「您的電話將轉到語音信箱……」，阿槌握著螢幕顯示「老爸」的手機，在沙發上睡著了。

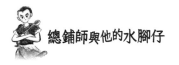

十、日日鍋具行

連續兩場宴席對初出茅廬的十六歲小夥子來說，果然太操勞，阿槌直到中午才從沙發上彈起來，「兩個陽！兩個陽！」他急急套上外出服，唸咒似的往外熗大門衝去，「砰！」一聲，狠狠撞上門楣，「哇哇哇！忘了低頭，好痛——」

阿槌嘴裡喊疼，行動卻絲毫沒放慢，跨著最大的步伐跑到站牌，搭上開往街區的公車，一下車又繼續拔腿狂奔。會這麼急切，全是因為昨夜睡前，他已經理出爸爸在哪兒的線索，等不及證實結果了。

氣喘吁吁的阿槌在「日日鍋具行」停了下來。他抬頭看看招牌，日日兩字被畫成兩顆太陽——兩個陽，就是東周的洛陽、秦朝的咸

鍋具行

陽；而昨天的突發狀況和水腳軍團的穿越事件，楚莊王問鼎、子路列鼎而食、秦始皇撈鼎，全都和鍋子有關，日日鍋具行又正好是老鑼師長期合作的店家。

「一定是這裡，老爸，我找到你了！」

阿槌推開門，收銀檯後方，配著午間新聞用餐的老闆懶得起身，頭也不抬，只是制式的招呼：「歡迎光臨！」

「老闆好，我是老鑼師的兒子阿槌……」

「阿槌！你終於來了！」

老闆激動得嘴裡的飯菜也不咬了，一大口囫圇吞了下去：「老鑼師在我這挑了一個鍋子，因為只有付訂金，加上後來老鑼師失蹤了，我不好意思跟你聯絡，怕徒增你的困擾。」

「所以，我爸不在這裡嗎？」

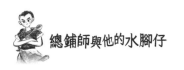

「當然不在啊，老鑼師怎麼可能在我店裡呢？」

阿槌失望透頂，剛才急奔的雙腿瞬間瘓軟下來，差點跪坐在地。

老闆趕緊攙著阿槌坐下，描述老鑼師買鍋那晚的過程。

那是一百天前，老鑼師滿面春風的踏進日日鍋具行，老闆形容那是他看過老鑼師心情最好的一天，比以往更健談、幽默，誇著兒子愈來愈能幹，能幫的忙愈來愈多。在老闆推薦下，老鑼師選中一口最新型的大鍋，不只材質輕盈，導熱也快。

「很適合阿槌這種年輕廚師啊！」老鑼師滿意的說著，請老闆幫忙裝箱，接著便到店外接電話，沒想到再進門時，卻一臉憂心忡忡說得先去處理一些事情，他預付了訂金，和老闆約定晚些時候再來結帳取貨。

「我一直等到半夜，心想老鑼師不可能說話不算話，但撥了電話過去，每次都轉進語音信箱。後來，我才知道老鑼師失蹤的事情……」

老闆牽住阿槌的手，感慨老主顧引以為傲的兒子，十六歲就要獨自面對這處境，真不容易！

阿槌非常感激老闆提供的資訊，他推測鍋子應該是老爸要送給他的十六歲生日禮物，這麼一來，解出「兩個陽」這個線索，來到日日廚具行的自己，的確離老爸失蹤的真相更靠近一步，下個步驟，便是要瞭解爸爸接了那通電話後，到底去了哪裡。

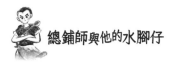

十一、新鼎的願望

幾天後，阿槌結清餘款，從日日鍋具行帶回了老爸認為「很適合阿槌這種年輕廚師」的鍋子，他決定一邊尋找老爸，同時更積極的累積外燴經驗。

「我已經知道自己要成為什麼樣的人了，就是跟老爸一樣，用食物帶來幸福，為人們創作美好的回憶。」正如老爸的鍋子布滿身經百戰的燒跡，他也要在新的鍋子燒出屬於自己的「總鋪師地圖」。

站在總部倉庫，阿槌唸著順口溜一一點算：「一鼎刀工一絕，二鼎色味雙全，三鼎山珍海味，四鼎香氣四溢，五鼎讚譽無敵，六鼎客人全留，七鼎童叟不欺，八鼎胃口大發——」

他輕輕放下懷中的新鍋子：「九鼎，天長地久！」

第二部 行刺記

皇家外燴
專線xxx-xxxx
皇家外燴

一、皇家外燴總部的應徵者

「能讓一向注重信譽的老爸與鍋具行老闆失約，我想，打電話給老爸的人，應該是個相當重要的人物，而這通電話裡講的，一定是比幫兒子慶生更急迫的事吧！」冷靜了幾日，阿槌把「藍黃紅水腳軍團」約到家中，報告他在日日鍋具行的新發現。

「難道還有你不知道的親戚？我記得你說過，老鑼師從小就離家四處流浪，直到成為閻羅師的弟子，才以外燴團為家？」

小黃這番話，給了阿槌靈感：「對啦！一日為師，終身為父，老爸總說閻羅師是他的再造父母。如果能找到閻羅師，確認那天是不是閻羅師聯繫老爸，我們就能往真相更靠近一步了！」

不過，閻羅師退休後深居簡出，過著隱士般的生活，只有幾名親近的弟子知道他的住處。

小黃提議：「還是我們去問秦快師？畢竟他都熱情支援過我們鍋子了嘛！」

阿槌才起身，準備查記事簿上皇家外燴團的電話，卻被阿洪擋下：「我還是不信任他，總覺得他笑裡藏刀！我們所有行動都要小心一點。你提過他非常不滿意自己得到的傳承器具，認為閻羅師偏心你爸。如果老鑼師的失蹤和他有關，更不能打草驚蛇！」

氣氛一下從尋得線索的興奮變得嚴肅起來，阿槌坐回沙發，將掌心的汗水往膝蓋抹了抹。

阿洪繼續說著：「特別是秦快師最近到處挖角刀工了得的人。你們有注意到嗎？上回藍哥送他南瓜鳳凰時，他可是目光銳利的打量了藍哥一番。」

「唉喲！他想找到刀工比藍哥更厲害的人，大概是不可能啦！」小黃故意抖抖肩膀，往一旁的藍哥蹭去：「是吧是吧！欸——你今天怎麼那麼安靜，吃錯藥囉？」

整場會議都沒吭聲的藍哥，不自在的搓著臉，像是想把五官給擦去似的：「你才吃錯藥咧，接下來幾天我得乖乖上學去，就先不來總部報到囉！」

年紀比藍哥沒大多少的阿槌故作老成口吻：「是呀，未來的雕刻大師！你的確該多去學校，別再動不動就翹課啦！」

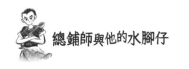

連著幾日，淡淡山城無論自詡或公認用刀技術一流的人才，陸陸續續往皇家外燴總部報到。

他們進門前，一個個志在必得的往「高薪徵聘」布告看了一眼；然而，再踏出門時，卻一副身心潰敗的落寞神情，甚至有人低聲啜泣，捶著胸膛，誓言要重新學藝。

這時，一名鴨舌帽帽簷壓得極低，彷彿不願被人認出的應徵者，疾步走入皇家外燴總部。

「喲！你還是來啦，歡迎歡迎。」在秦快師吩咐下，一頭全牛被推進大廳，「這是最上等的極品牛肉。」秦快師將手中的短刀遞給應徵者：「讓我欣賞你的運刀技藝吧！」

只見應徵者將帽簷轉向後腦勺，露出清秀的臉蛋，深吸一口氣後輕輕抿嘴，將刀拉出刀鞘。指導過她的老師曾說：「你的想像擁有無窮力量，專注心神運刀，沒有你完成不了的作品。」

現在，她想像自己是莊子筆下的庖丁，被梁惠王召進宮中表演解牛技法，接著，彷如忽然起舞般肩臂並用，一會兒提膝倚牛，一會兒巧妙移步。大廳連日瀰漫的屠宰氣息頓時消逝殆盡，取而代之的是隨動作輕響的運刀霍霍聲，連工作人員也擱下手邊事務，圍觀讚嘆這堪比現代舞的神技。

短刀在牛體筋肉、骨節縫隙處自如穿梭著，大夥不禁揉著眼，訝異那把刀在應徵者手中怎能如此靈巧，保留刀刃的鋒利，卻又似蟬翼般輕盈薄透。終於，牛肉與骨架徹底分離，如山崩一瞬，土塊登時散落在地。

「好！太好了！果然只有你才能勝任用這把短刀解牛的挑戰。」

秦快師滿意的撓著下巴，原本跟著熱烈喝采的工作人員，被秦快師睇眼一睨後，趕緊散場，各自幹活去了。

應徵者將短刀擦拭乾淨，收回刀鞘，還給秦快師：「這真是一把好刀！」

「這把刀，平時我絕不許外人使用，但我可以為你破例。從今以後，你就加入皇家外燴團，用這把刀為我效命吧！」

應徵者面無表情的離開皇家外燴團時，門口那張高薪徵聘的布告已即時被工作人員卸除了。她將反戴的鴨舌帽摘下，短髮被風一颳，像要翻飛出兩隻傲鷹。重新戴正的帽子壓得更低了，她在心中對自己喊話：「藍哥，沒問題的！你的決定是正確的！」

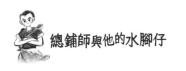

二、喔耶子刀具專賣店

「劈哩啪啦！」假日的正午時分，鞭炮聲響徹街頭巷尾，今天是「喔耶子刀具專賣店」的十週年慶，第二代老闆乾薑為了感謝顧客長期支持，不只商品全面降價，更安排了刀具解說與現場示範。

店鋪裡頭已擠滿掃貨的買家，店鋪外則搭好活動式舞臺，正在測試麥克風。

「來來來——這樣音量夠大聲嗎？鄉親們，大家午安！所謂『內行看門道，外行湊熱鬧』，無論您是外行或內行，都歡迎湊上前來，聽我把傳家寶刀詳細介紹！」

乾薑的聲音透過音響聽起來，像乾掉的薑片癟癟辣辣的，頗有喜感，馬上吸引不少看客，銅鑼外燴團的阿槌、阿洪與小黃也在人潮中，興味盎然往舞臺前方擠去。

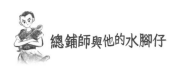

「大家都知道，『喔耶子刀具專賣店』創始人——就是我岳父，他這輩子唯一的偶像就是古代製劍鼻祖歐冶子[10]。雖然這時代不需要持劍的俠客了，但我岳父仍立志要像歐冶子一樣，製作最頂尖的刀具。」

這時老闆娘茉椰捧著一只刻著「湛瀘」的長匣登臺，識貨的內行人立刻鼓掌吆喝。茉椰取出匣裡的「湛瀘刀」，那深沉渾黑卻又精光貫天的刀身，絲毫沒有刀的殺氣，反而如德高望重的長者，使群眾歇下鼓譟，變得肅穆莊嚴。

乾薑也清了清喉嚨，把聲音壓得更低：「相傳歐冶子登上湛瀘山，尋得豐富礦藏以及適合淬劍的清泉，於是闢地設爐，花了三年時間，打造出鋒芒蓋世，可與日月爭輝鬥耀的湛瀘劍。」茉椰高舉「湛瀘刀」，更換著展示角度。

「家父也同樣閉關三年，為這把『仁德之刀』灌注全心全意。傳說，湛瀘劍曾自行離開暴虐無德的吳王，飛到楚昭王身邊，從此成為仁君的象徵。據家父所言，若干年前，出售的湛瀘刀也如同傳說，離開擁有者，重新回到店鋪，就這麼靜靜降落在門口。因此，家父過世前，特別囑咐這把會挑主人的湛瀘刀，只能留在『喔耶子刀具專賣店』當鎮店之寶。」

在此起彼落的讚賞聲中，茉椰收回湛瀘刀離開舞臺。阿槌感嘆著：「唉！藍哥沒能親眼一睹湛瀘刀的手采，太可惜啦！」

乾薑像是聽到阿槌的嘆息，隨即揚起齉齉的高音與手中另一把短刀：「接下來，我們特地邀請到皇家外燴團的新成員為我們表演解牛大法。這把『魚腸刀』是岳父以歐冶子的『魚腸劍』為範本，親手鍛鑄。刀尖細窄小巧，可沿魚口藏入魚腹，卻又剛柔並濟、鋒利無比。朋友們，請用最熱烈的掌聲歡迎——皇家外燴團的藍哥！」

「藍哥？」阿槌和小黃異口同聲大喊，不敢相信的望向穿著皇家外燴團工作服、從帽子黑到膠鞋的身影。「藍哥！你是不是在開玩笑啊？是乾薑報錯外燴團名字了吧！」小黃對著舞臺喊話，想引起正專注解牛的藍哥注意，但音量瞬間就被群眾連連的驚嘆給淹沒。

「走！我們到後臺攔截她！」小黃見藍哥沒反應，拉著目瞪口呆的阿槌走往舞臺後方的階梯，而阿洪則像要壓制即將怒奔而出的蛟龍猛虎，刻意將雙臂交疊在胸前，神色凝重跟在後頭。

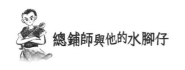

阿槌領著下了臺便默不作聲的藍哥回到銅鑼外燴團的客廳，他實在沒辦法理解，幾天前自己還和藍黃紅水腳軍團坐在同一張沙發上，討論尋父計畫，聊著知人知面不知心，要小心防範秦快師——怎麼現在藍哥已經變成秦快師那一邊的人了？

「藍哥，你是不是因為錢的問題，才決定到秦快師那兒？雖然剛加入時你婉拒了薪水，但該發的薪資，我絕對不會少給的！」阿槌努力站在藍哥的角度設想，為藍哥的「跳槽」尋覓理由，藍哥卻只是搖頭不語。

一旁的小黃急得從沙發上彈了起來：「上回開會你都不說話，果然很奇怪！可惜我這鼻子沒能早點嗅出不對勁，阻止你做出這麼莫名其妙的事情！」

從看到藍哥登臺後就保持沉默的阿洪，終於開口了：「藍哥，你

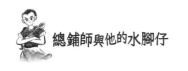

要去哪裡、為誰工作，是你的自由意志，我們不能阻攔你。」

見藍哥點了點頭，阿洪繼續問：「那麼，我只想知道，你加入皇家外燴團，是理智思考後的抉擇嗎？」藍哥頓了頓，又點了一次頭，她這無聲的回應，讓阿槌和小黃都心碎了。

「我小時候讀過一個歷史故事，有個名叫許敬的正直官員，因為不滿另一官員汙衊君王的言行，於是拔刀斷席，以表示自己無法忍受與惡人同席而坐的心情。」

藍哥大概猜出阿洪話裡的意思了，她憋住呼吸聽著。

「藍哥，你是專業的執刀者，論刀工技藝我絕對比不上你；但我心中也有一把刀，劃清是非黑白。今天你選擇不告而別的加入秦快師那一方，我無話可說，只能以心中的刀與你斷席。」阿洪伸出右臂，往藍哥和自己之間一劃：「我們從此道不同，不相為謀。」

這房裡的空氣好像真的被劃出了一道界線，藍哥在界線另一頭起身：「那我先走了，大家保重！」留下了錯愕的阿槌、小黃，還有劃下那一刀的阿洪。

注

10. 歐冶子：春秋時代的鑄劍大師。曾爲越王鑄造湛瀘、巨闕、勝邪、魚腸、純鈎，五把名劍。

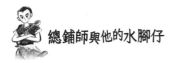

三、易水邊的送別

不完整的「藍黃紅水腳軍團」有如三原色缺了其一，失去了調和，阿槌也有氣無力了好一陣子。不過，上回瓜子校長的宴席大受好評，帶動了一波辦桌熱潮，雖然少了一員，銅鑼外燴團仍然打起精神，努力為顧客獻上美味動人的饗宴。

在皇家外燴團的藍哥一樣也不得閒，上工的日子必定從清晨一路忙到深夜。她總是細心整理刀具，成為除了秦快師，最後一個下班的員工。

一天晚上，藍哥剛把魚腸刀打磨完畢，瞥見秦快師從倉庫搬出了一口大鍋，往載運大型垃圾的卡車上一丟，嘴裡咒罵著：「不過是個普通的破鍋子，可惡的老鑼，害我花這麼多心思！」

「是第九鼎！」藍哥暗自驚呼，加速的心跳讓胸口像拉緊的束口袋，這下她更加確信，秦快師與老鑼師的失蹤脫不了關係，「我的決定果然是對的！」

藍哥的決定要從瓜子校長的宴席後一天說起。

當阿槌正往日日鍋具店狂奔時，出門買午餐的藍哥在街頭巧遇了秦快師，起初她只是用眼神稍稍致意，沒想到秦快師攔下她：「來我這吧！我有上好的刀可以讓你大展身手，留在阿槌那，只是讓人感嘆殺雞焉用牛刀！」

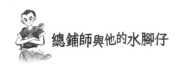

那不懷好意的眼色、挑撥的口吻，惹得藍哥一股怒氣，當場義正嚴詞的拒絕。

當晚睡前，藍哥面對全身鏡，修剪髮上的兩隻老鷹，凌亂的羽翼不一會就被整理得豐美蓬鬆。

讚嘆自己手藝超凡之餘，藍哥也回味起前一日的奇遇：「哈哈！誰會料到才畫上眼睛，鳳凰就一飛沖天了呢？」髮上的老鷹像是聽見這番心底話，藍哥才剛放下髮剪，雙手撥弄兩側髮絲，老鷹便趁勢飛竄而出。

「哇！我的刀工果然已經到達出神入化的境界了！」藍哥沒有前一日的驚慌，她欣賞著老鷹盤旋、交錯，展開的翅膀時不時遮蔽了燈光，房間隨之明明暗暗，頗有野地的氛圍。

這時，兩隻鷹一前一後朝鏡子俯衝，看來沒有減速的打算，藍哥閉上一隻眼，不忍直視牠們急速飛撞的慘況，沒想到，老鷹碰上鏡子後居然流暢穿越鏡面，同時，鏡子另一側早已不是房間的倒映，而是扶疏的綠林，伴隨著淙淙水流聲，風一呼嘯，把幾片殘葉颼進了藍哥的掌心……

藍哥跟著踏入林中，身子一下變得輕飄飄的——雖然仍需跨步，但腳幾乎不用碰到地面就能前進，「難道這兒的地心引力比較弱？」她一邊跟循老鷹飛翔路徑，一邊觀察四周，有種這林子等會兒就要發生大事的預感。

「樊將軍、樊將軍！」林間傳來悲傷的沉吟，藍哥好奇往聲音方向「飄去」，只見一名神色堅毅的壯士坐在石上，一手持著酒杯，一手撫著膝上的木盒。

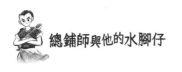

突然，壯士雙眼圓睜、唇色發白的指著藍哥：「無……無頭幽魂！」

無頭幽魂？藍哥覺得莫名其妙，被看做無頭幽魂也太誇張了吧！她正想拍拍自己的腦袋，要對壯士說別鬧了，手卻撲了個空——天啊！腦袋真的不見了！

「該不會兩隻老鷹起飛的同時，也把我的腦袋給帶走了？」藍哥努力回想：剛才因為鏡子變成樹林入口，沒能瞧瞧自己的倒影；而且「無腦」的自己的確像是沒有嘴巴般發不出聲音——這下可好，我變成「阿飄」了！

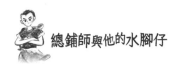

壯士揉了揉眼，冷靜下來後，起身便是一拜：「難道是樊將軍嗎？這杯酒我先敬您！」隨後又斟了滿滿一杯酒，朝藍哥方向致敬。

藍哥思考著該怎麼表達自己只是個高中生，還不能喝酒時，壯士已豪邁的一飲而盡：「我理解您對秦王恨之入骨，他殺害您的父母宗族，又重金懸賞您的項上人頭，也因此更加感謝您為了協助我取信於秦王，當機立斷自刎，好讓我有機會近身行刺。現在，我有您的首級、地圖、淬以劇毒的匕首，還有勇敢的秦舞陽[11]作助手，待刺殺大計成功，樊於期[12]這三個字，必會成為歷史上不可抹滅的名字，您英勇犧牲的故事也將千古傳誦。」

壯士侃侃而談，藍哥倒是聽得雞皮疙瘩。她理解自己遇到誰、又被當作是哪個無頭幽魂了！

此時，一陣哀婉的琴聲揚起，壯士抱起木盒起身，對藍哥深深鞠躬，轉身往琴聲方向走去。

「高漸離[13]！我的好友，你是特地攜筑演奏，為我送行的嗎？」

壯士來到河岸時，水畔已聚集一群白衣人士，藍哥也飄進了人群中，但顯然只有壯士看得見她，其他人的目光全都在壯士身上，他們蒼白衣襬在狂風颯颯吹拂下，像一面面喪禮的引路幡。

「萬事謹慎，天下的安危就交給你了！」一名貌似領袖的白衣人牽住壯士雙手，力道有如訣別的最後一握。

「太子，您多保重！」壯士說完，和著高漸離轉為激昂的琴音，吟唱起來：「風蕭蕭兮易水寒，壯士一去兮不復還！」

現場氣氛哀戚得讓藍哥覺得自己涕淚縱橫，但身為無頭幽魂，她實在不知道該往哪兒擦淚、擤擤鼻水。

「是雙鷹！」不知是誰高呼，果然看到兩隻老鷹，逆著水流低飛，往送行的人群疾速衝刺，眾人紛紛閃躲，唯有壯士毫不退卻。

雙鷹的羽翼擦過壯士面頰，挾帶著壯士的正氣，對準藍哥那空無的腦袋撲來。

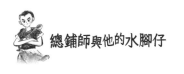

「噢，我的天啊！」抵擋不住老鷹又猛又急的力道，藍哥摔飛出去，一陣暈眩中，輕飄飄的身子逐漸變得扎實沉重，「砰！」跌坐在地的藍哥第一反應便是摸摸自己的腦袋——回來了！

她抬眼正對著全身鏡，鏡中是髮上雕著帥氣鷹圖的自己和熟悉的房間，綠林、易水消失了，但壯士方才那句吟唱卻仍依稀迴盪著。

鏡中遊歷讓藍哥不再認為幾番穿越時空只是湊巧，就像她和楚莊王的談話、小黃認識了子路，這些遭遇總是呼應當前的狀況，給予解決的靈感；現在遇見壯士，甚至被當成樊於期將軍，一定也藏著暗示和指引。

藍哥直覺，這次事件和中午秦快師那番話有關，她立刻上網，搜尋了「荊軻[14]」、「刺客」等關鍵字，整夜未闔眼的思索，直到窗外天光微透，她做下決定，先瞞著阿槌和水腳軍團，接受秦快師的邀約，深入皇家外燴團一探究竟。

注

11. 秦舞陽：戰國時燕國的武士，十三歲時殺人，人們不敢忤逆直視他。荊軻入秦時，秦舞陽被找去當副手，見到秦王後卻驚恐色變，導致秦王警覺而事跡敗露。

12. 樊於期：戰國時期人物，曾是秦國將領，得罪秦王後逃至燕國，被太子丹收留，而秦王懸賞「購將軍首金千斤，邑萬家」。

13. 高漸離：戰國時燕國人，擅長擊筑（古代的擊弦樂器），爲荊軻的朋友，兩人還曾飲酒後放聲大哭，旁若無人。

14. 荊軻：戰國時衛人，歷史上著名的刺客。在燕太子丹的請託下，帶著夾有匕首的地圖和秦將樊於期的首級入秦，欲刺秦王，結果事敗被殺。

四、水腳軍團的計畫

目睹秦快師丟棄第九鼎後，藍哥約小黃到淡淡山城外碰頭。

「你耍什麼神祕，只找我一人，還約在人生地不熟的簡餐店？我可是好不容易瞞過阿槌和阿洪，推拒了今天的活動，才順利開溜。尤其是阿洪對你可生氣的咧！斷席那天後，好幾次我想再聯繫你，但是他臭著臉不准我……」

小黃好多日沒見到藍哥，一開口就滔滔不絕，鼻梁上的皺褶跟著話語一緊一鬆，藍哥看了入迷，覺得好親切、好懷念啊！

「所以，你到底是怎麼回事？」小黃終於切入重點。

藍哥確認四周沒有可疑人物後，謹慎用氣音宣告自己跳槽的真相，「我、在、臥、底！你聽過『荊軻刺秦王』的故事吧！」

藍哥娓娓述說始末，從巧遇秦快師，到夜裡化身成無頭幽魂為荊軻送行，再說至第九鼎的下落：「阿洪說的沒錯，秦快師就是在尋找閻羅師的傳承器物，好比秦王覬覦燕國土地，而我就像樊於期將軍，獻出自己以求得信任，降低對方防備。現在你們要做的，就是趕快找到老鑼師當時得到的東西，然後正如荊軻假意獻上燕國的地圖時，趁勢抽出藏於其中的匕首……」

藍哥怕走漏風聲，又擔心小黃有聽沒有懂，拿起點餐用的原子筆，在餐巾紙上快速書寫著：

樊於期 → 我（博取信任）

荊軻 → 阿槌

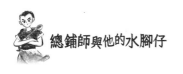

秦舞陽↓你

地圖↓傳承器物（藏著匕首）

安全措施↓阿洪（負責把風、隨機應變）

「你要阿槌獻上器物時趁機行刺秦快師？這怎麼可能！你是練刀練到走火入魔喔！」小黃使勁搖著頭又搖晃著雙手，全力否定藍哥的提案。

藍哥趕緊摀住小黃的嘴：「當然不是真的刺殺啊，這點理性我還是有的。我們只要作勢挾持秦快師，逼他說出老鑼師的下落就好——就是演一齣戲，讓秦快師上鉤嘛！」

小黃捏著餐巾紙反覆默讀，眼尾眉心擠出深深的摺痕：「你真的是要把我從二十四歲嚇成四十二歲了。」

藍哥將餐巾紙抽起，輕輕對折，放進小黃胸前的口袋，一展超齡的沉著：「說服阿槌和阿洪交給你了！你們先找到那個關鍵物品，等一切就緒，我自然會幫你們引薦秦快師，並暗中協助你們！」

原以為阿洪知道藍哥的計畫後，會自責沒有相信夥伴，後悔當天衝動的「拔刀斷席」；沒想到阿洪一副瞭若指掌的模樣：「原來如此。我早就猜想她應該有什麼盤算，才故意劃清界線，好讓她不要有牽掛，能全心去實行想法。」

小黃長噓了一口氣，為水腳軍團的感情從未決裂感到慶幸：「呼——你們都是實力派演員啊，我真的一點都看不出來！」

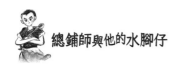

「但我從來沒聽老爸提過師承而來的禮物是什麼，他對大大小小工具一向百般珍惜，也看不出來哪一個比較特別呀！」

阿槌聽完小黃轉述後，便著急的在家中四處遊走、東翻西找，高大的他手足無措起來，簡直是一頭迷途的喜馬拉雅山大雪怪，讓人又憐惜又倍感壓迫。

小黃見狀，趕緊搭著他的肩膀，把他按回沙發上：「別慌別慌。不如就趁最近幾場外燴任務好好盤點器具，你也順便回憶一下，看看能不能理出什麼線索？」

阿洪清了清喉嚨：「其實，我變成蛟龍時，曾從空中看見秦始皇的長相，和秦快師根本是同一個模子捏出來的。現在，再加上藍哥的遭遇，也許一切並非偶然，而是冥冥之中的安排；不過，我們別忘了『圖窮匕見[15]』這個故事最後的結局，依照藍哥的直覺，我們與秦快

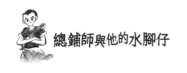

師的關係好比荊軻與秦始皇，那麼，就更值得好好思考——荊軻的下場是什麼？」

歷史記載，荊軻抵達秦國後順利得到召見，當他在秦王座前將地圖拉展至盡頭時，藏著的匕首頓顯鋒芒，倉促間，荊軻抓起匕首向前突刺，卻只傷及秦王衣袖，掙脫的秦王與荊軻繞著宮殿柱子追逐，整座大殿亂成一團。這時一名醫官丟出隨身藥袋擋下荊軻，在眾臣提醒下，秦王抽出佩劍砍斷荊軻左腿。失去行動能力，短小的匕首自然難以敵過長劍，最終，荊軻以最後的力氣擲出匕首，擊中秦王身後的銅柱，並在侍衛圍攻下迎來了慘烈的死亡。

想像力果然擁有強大的力量，坐在沙發上的他們各自在腦海中播映完「荊軻刺秦王」的後半段情節，三人座沙發立刻變成覆雪的喜馬拉雅山巔，前所未有的寒意席捲而來。

「呃，你摸摸看！我都毛骨悚然了！」小黃硬是抓起阿洪的手放在自己滿手臂的雞皮疙瘩上。

阿槌語氣低落，彷彿在懇求一絲溫暖，：「藍哥說這戲碼只演半套，目的是套出老爸的下落，結局應該不會跟歷史一樣吧！」

面對未知，阿洪也只能盡量設想周全：「總之，我們不能完全仰仗這一計，除了找出老鑼師得到的器物，我們有空也跟蹤一下秦快師，看看他到底在玩什麼把戲。這樣雙軌並行，我想會更保險一點。」

那晚，阿槌、水腳軍團的每個人都輾轉反側，難以入眠。雖然知道明天起有更多的挑戰等著自己，得養精蓄銳才行；但是惶惑不安宛如放養的綿羊，看來無害，卻早已成群啃嚙著他們的心田了。

注

15. 圖窮七見：比喻事情發展到最後，形跡敗露，現出眞相。

五、秦快師的噩夢

近來，秦快師睡眠品質也極差。大家私底下都在傳他的暴躁脾氣和黑眼圈成正比，好幾次還在宴席上為無足輕重的小事大發雷霆，尤其當水腳仔閒聊，誇讚老鑼師費心養育，果然教出了阿槌這個好兒子，不僅習得老鑼師一身好功夫，在父親失蹤之際，更扛起銅鑼外燴團的招牌，秦快師聽了心中頓時升起熊熊妒火，丟下廚具，脫下制服便到角落喝悶酒去了。

「絕不能讓你殺了我！」酩酊大醉的秦快師趴在桌上喃喃自語。

藉著整理刀具，留到最後的藍哥從旁觀察：「難道他也作了秦王被刺殺的夢嗎？」

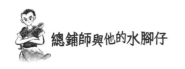

十多年來，每次喝醉，秦快師就會做著同樣的夢。

夢中，他回到拜別師父，準備自立門戶的前夕。

「我刀工又不是頂尖，為什麼給我刀？」年輕氣盛的秦快打開刻有「湛瀘」兩字的木匣，一看到長刀便垮下臉，不滿意師父將這項辦桌器具傳承給自己，非要師父給個解釋。

「這把湛瀘刀又號稱『仁德之刀』，操刀者需懷抱仁愛之心，這同時也是總鋪師為人辦桌的基本精神。」聽到又是說教，秦快的耐性已快耗光，隨口嗤了一聲。

「秦快啊！為師教導你多年，傳授給你的廚藝一樣也沒少，過去也領你修正不少陋習，唯一一點始終無法改善的，就是你的高傲和善妒。你就像圍造一座美觀的高牆，拒人於千里之外，表面客氣融洽，卻總是笑裡藏刀，對人充滿敵意。做總鋪師，無論領導團隊或為客戶服務，但憑真誠兩字。此後，就讓湛瀘刀時刻提醒你，把傷人的利刃從你笑裡卸下，以仁德擺宴款客吧！」平時絕不長篇大論的師父，難得語重心長叮嚀著秦快。

秦快卻撇著頭，嘴角雖然上揚，但笑裡的刀鋒已藏不住了：「師父，你用這把刀羞辱了我！」

夢境至此，像突然被按下轉臺鍵，時空瞬間切換，「喔耶子刀具專賣店」的老店長站在櫃臺後方，堅定又不失禮貌的說：「既然刀選擇自己回到店裡，就不適合再讓您帶走它了。請您挑選另一把刀，當作以刀換刀吧！」

場景再次跳躍，那是一場熱鬧的抓週[16]宴會，秦快抱起穿戴著虎帽、虎衣和虎鞋的小男娃，把他放在陳列各種物品的巨型米篩前方。

賓客七嘴八舌哄著男娃：「來來來，選一個，看看長大做什麼！」男娃對印章、毛筆、尺、皮球或笛子一點興趣也沒有，胖呼呼的小手一伸，直接抓起刀鞘上印著「魚腸」兩字的短刀，現場一陣叫好：「不得了、不得了呀！以後會和爸爸一樣，成為名震天下的大廚！」

賓客中，只有一名以扇子半掩面容的女士持不同意見，她是淡淡山城人稱「烏鴉嘴」的算命師，總是報憂不報喜，並不忘補述：「我一向鐵口直斷，你不想採信也罷。」讓人即使沒發生壞事，也心生不祥。要不是她曾是皇家外燴團的客戶，秦快也不想在這種歡樂的場合邀請她。

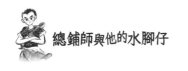

「烏鴉嘴」將摺扇「唰！」的一聲闔上，引起眾人注意：「曾有相劍師看了歐治子的魚腸劍後，形容它是『逆理不順』之劍，臣子會用來弒君，兒子則將以它殺父——聽說『魚腸刀』，正是以魚腸劍為範本鑄造。我話就說到這，我一向鐵口直斷，你不想採信也罷。」

男娃聽不懂話，呵呵笑的嘴角垂下涎絲，沾在虎衣上，分不清刺繡彩虎是在淌汗還是流淚。

秦快看他興奮揮舞魚腸刀，不知道哪一刻將抽出刀鞘向自己刺來，深沉的恐懼如滾燙岩漿，自揪澀的腹胃湧上喉頭：「絕不能讓你殺了我！絕不能讓你殺了我！」

注

16. 抓週：小孩滿週歲時，長輩將印章、書本、算盤等物品擺在孩子面前，讓他隨意抓取，藉此預測未來志向的習俗。

六、舊宅裡的閻羅師

「秦快師，起來吧！繼續睡下去會著涼的。」藍哥將秦快師從夢魘中喚醒。

秦快師揉捏著太陽穴，看向工作臺上的器具，那把魚腸刀正擱在磨刀石上，發出寒洌的光芒。驚覺自己有要事未辦，秦快師跳上車駛離淡淡山城，直往深山裡的舊宅。

不知是因為睡意尚濃，還是方才夢境的驚嚇未消，下車後，他步履蹣跚，從褲袋撈出鑰匙「喀噠」一聲，旋開門把，搖搖晃晃的進入屋內。

約莫十分鐘後，屋外出現了鬼鬼祟祟的三個人影。

原來是阿槌、小黃和阿洪在晚宴收工後，已將貨車停在皇家外燴總部的巷口外埋伏，見到秦快師的車便趕緊尾隨在後。他們甚至不敢開車頭燈，小心翼翼保持距離，夜間山霧瀰漫，好幾次他們以為自己就要連人帶車的摔下邊坡了。

現在，他們躡手躡腳靠近，注意到鑲在門牌號碼上方的黑鐵字，「閻！」阿槌一脫口而出就後悔了，趕緊摀住嘴巴，祈禱別被秦快師聽見。

爬滿鏽痕的閻字，像是剛熄下了地獄之火，彷彿還殘留著餘溫。這兒一定就是閻羅師隱居的住所了。

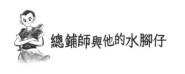

「嘿！」小黃激動指著插在鎖孔上的鑰匙，正想伸手，被阿洪搶先一步把鑰匙抽了起來：「等秦快師離開再進去。」

他們躲進屋外的草叢等待，夜色是絕佳的庇護，暗得連彼此都看不分明，漸漸的，雙腿開始發麻了，陡降的氣溫讓三人幾度升起棄守下山的念頭，這時終於看見秦快師走出舊宅，怒氣沖沖甩上門，吼著：「受不了這老糊塗和該死的銅鑼！」

判斷車聲遠去，三人潛入屋中，分成兩路進行。小黃循著一股難以言喻、令人感動的氣味，帶著阿槌來到一扇門前：「請問閻羅師在嗎？」

「請進。」一推開門，小黃注意到衣帽架上掛著一套廚師服，與褪了色、繡著「閻羅師」的紅圍裙，便知道那股氣息為什麼如此細膩、繁複又深情了。

陪著閻羅師各方辦桌的工作服，長年攢積了菜香、人情味、汗水與笑聲，即使退休多年，仍透過氣息訴說往日的輝煌，證明自己的存在。雖然還未真正和閻羅師說到話，小黃已生起了孺慕之情。

閻羅師坐在靠窗的搖椅上，即使已將近九十歲，但職業生涯因講究衛生養成削髮剃鬍的習慣依舊，少了花白的頭髮和鬍子，加上圓鼓鼓像兩顆小氣球的臉頰，以及有如在下顎懸掛一條吊床的柔軟雙下巴，讓他看起來更像個童真可愛的大娃娃，過往嚴苛犀利的形象早已蕩然無存。

「閻羅爺爺好，我是阿槌……」阿槌的自我介紹還沒說完，閻羅師就停下搖椅，把頭高高仰起，用連睫毛都轉白的雙眼看向阿槌：「秦快的兒子來看我啦，這麼大了！」

「不是啦！閻羅爺爺，我是您另一個徒弟，銅鑼的兒子！」阿槌趕忙否認，卻再度被打斷：「是秦快的兒子沒錯啊，我記性可好了呢！你小時候，可是個小不點呢！」

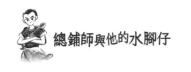

外頭傳言，閻羅師之所以會隱退，是因為記性出了問題，沒辦法再應付辦桌既細瑣又龐大的流程，有時甚至連食材的名字都喚不出口。

徒弟們各自創業後，閻羅師記憶錯亂的症狀愈來愈嚴重，獨居的他還「離家出走」了幾回，最後總被人發現在曾經辦過流水席的地點流連徘徊，而閻羅師每次都鬧著脾氣，堅持要等「最後的甜點上桌」才肯離去。

有人說這是阿茲海默症，但偶爾，閻羅師也有神智清明的時刻，例如若是問他料理調味的關鍵，他可是能口若懸河翻出記憶深處的祕訣，一道一道細細說明呢！

「銅鑼？銅鑼可沒有兒子啊！」聽到閻羅師這麼說，阿槌不放棄，還想解釋自己的身分，小黃阻止了他：「這前因後果說來話長，解釋完我們可能已經被秦快師發現了。」

阿槌一經提醒，便直接切入重點：「閻羅爺爺，我老爸銅鑼在這裡嗎？」閻羅師又搖起搖椅，吞吞吐吐的答覆：「銅鑼……對、對，秦快也把銅鑼給帶來了……」

咕噥聲愈來愈微弱，像是搖籃裡的嬰孩漸漸被晃得打起瞌睡。

阿槌趕緊趁他真的睡著前追問：「那銅鑼現在在哪呢？」

「閻羅宮殿，遠在天邊，近在眼前呀。」閻羅師像個頑皮的小孩，故意出謎語，看人費神猜疑，便露出勝利的神情。

「您還記得傳承給銅鑼的辦桌器具是什麼嗎？」閻羅師聽到阿槌的第二個提問，那反應之快，宛如早就準備好答案：「銅鑼拿的是零，秦快拿的是一。」

小黃覺得著急又好笑，現在哪裡有時間在這慢慢猜謎呢，可是閻羅師那沾沾自喜的淘氣模樣，實在太可愛了：「閻羅師，能不能給我們一點提示呀！」小黃從後頭輕輕推動搖椅，就像哄個嬰孩般。

「莫忘歸零，信念執一。呵，我想睡覺了！」提示完零和一的意思——雖然有解釋等於沒解釋一樣，閻羅師打了一個大哈欠：「晚安了兩位，我很老了，得睡很多，就不送囉。」

當阿槌與小黃在房內遇見閻羅師時，阿洪正在這舊宅中四處搜尋。

這間房子格局不大，除了閻羅師那間，也只有另外兩房，但也都沒有老鑼師的身影。倒是在餐桌旁的牆上掛了許多老照片，有過去師生一起外燴的紀錄、各個徒弟的「出師儀式」紀念照，以及大家創業後寄來與師父報告近況的相片。

阿洪留意到其中一張是年輕的秦快師，那雙下垂的細眼相當容易辨識，但這照片裡沒有平時眼底的殺氣和惡意，想必是因為懷裡抱著一個小孩的關係吧！

阿洪疑惑著單身的秦快師與這孩子的關係時，留意到窗外林間有光線正在靠近，趕緊找到正扶著閻羅師上床的阿槌和小黃：「秦快師的車好像又繞回來了，快撤退！」

他們把鑰匙重新插回鎖孔，躲入草叢。「呿！原來在這！」秦快師確認大門鎖上才帶著鑰匙離開。已超過子夜了，這幢藏著巨大祕密的舊宅，留給阿槌零與一的暗號；還有，閻羅師在這兒，那麼「遠在天邊，近在眼前」的老鑼師呢？

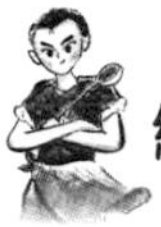

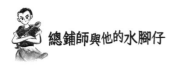

七、老鑼師的食譜書

零和一的謎題，阿槌想了好幾天仍解不出來，他發現自己有走火入魔的症狀，連慢火燉湯，都只能看見湯面浮出一個一個的0，泡泡浮現又破滅、浮現又破滅，像在嘲笑他沒半點頭緒。

這天藍哥來和大家開會：「我知道閻羅師給秦快師的傳承器具是什麼了。我之前猜測是我在『喔耶子刀具專賣店』十週年慶上表演的那把魚腸刀，直到前天，我帶刀到店裡保養，從乾薑那打聽到，其實魚腸刀是秦快師以刀換刀得到的。起先，閻羅師給他的是另一把刀，但那把刀沒多久後竟自己回到店裡了，於是老店長才讓他帶走魚腸刀。說到這，你們應該知道閻羅師給的是哪一把了吧！」

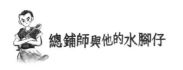

阿槌非常慶幸自己當天有在臺下湊熱鬧，他和小黃、阿洪一起大喊：「湛瀘刀！」

既然知道「一」指的是湛瀘刀，阿槌不想浪費時間，即刻前往「喔耶子刀具專賣店」，想從「一」上找到「零」的線索。

茉椰聽說是老鑼師的接班人阿槌來了，盛情接待：「老鑼師真的是個親切的大好人，家父過世時，他常來噓寒問暖，鼓勵我們打起精神，普通客戶是不會這麼體貼的。」

乾薑也應阿槌的請求，拿出湛瀘刀借阿槌一探究竟。

「這符號是？」阿槌指著刀柄尾端的奇怪符號，那是一條隨意勾勒的線段，一端似拋出的緞帶，繞了一圈後，另一頭則模仿雷電的尾巴，急驟的收束。

「這是閻羅師的『鬼畫符』，他曾說：『既然我是閻羅王，簽名當然要如同鬼畫符囉！』凡是他的私人物品，幾乎都有這符號。他和家父是從小一塊長大的老友，閻羅師買下此劍時，家父便特別替他烙上這圖紋。」

阿槌愈看愈覺得眼熟，他摸著符號，忽然那雷電般的線條像劈進了他的腦中，讓他靈光乍現！

一回到家，阿槌立刻翻出老爸給他的食譜書。十六歲生日那天，他就是一邊抄寫著食譜，一邊盼著老爸回家的。

最初老爸把食譜書給他時，已經被撕去了好幾頁，「老爸，你這本書撕成這樣是怎麼回事啊！」

「這是在提醒自己，成功的料理留在腦海，撕去筆記，再去開發全新的滋味，千萬別覺得成果豐富，就自滿而停滯不前。」現在，食譜書除了生日抄寫的內容，剩下的全是等待寫進新菜色的空白紙頁。

阿槌注視封底閻羅師的鬼畫符，過去誤以為是老爸不小心畫

髒的痕跡，現在成了連結失蹤老爸的牽引：「『莫忘歸零』，永遠回到原點，創新料理。這樣，零等於食譜，就說得通了！」

在藍哥的安排下，「刺秦計畫」將在皇家外燴總部展開。

「秦快師，銅鑼外燴團的阿槌，為了感謝您上次借鼎相助，說要把銅鑼師極為珍視的物品送給您。」聽到藍哥這麼一說，秦快師細窄的眼眶內迸發著光亮，他按下急切的欣喜：「請他今晚來總部見我一面。」

阿槌帶著「零」來了，如同荊軻刺秦王的故事，在最末頁與封底之間，藏進了一把小刀。阿洪守在大廳門口，確認等等不會有其他工作人員進來「救駕」，小黃跟在阿槌身旁，他們朝秦快師後方的藍哥使了眼色，等等便要迎來整個計畫成敗的關鍵：只要順利挾持秦快師，就能得到老鑼師的下落！

「這本食譜是師祖閻羅師在退休之際傳承給老爸的禮物。在我十六歲生日前，老爸也將它送給了我。」阿槌克制雙手的顫抖將封面掀開，他在家算過，只要翻動二十七次，就能拔出小刀了！他每翻一頁，上身就愈往秦快師的方向傾去，試圖拉近距離。

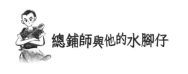

才翻到第十頁，「不用再翻了，我不相信！」秦快師雖維持笑意，但這四字卻如飛鏢，一發發命中阿槌與水腳軍團的心：「空空如也的本子，只有你的幾道料理筆記，哪算什麼傳承器物呢？我想真正寶貴的，應該是前面那些被撕去的內容吧！」

阿槌沒料到秦快師會提出質疑，將刺秦戲碼攔腰砍斷，情急之下，他將食譜捲成軸狀，塞入臀部後方口袋，以免小刀露餡：「這書上頭有閻羅師的符號，我想應該是不會出錯的。閻羅師曾說給我老爸的禮物是『零』，不就表示別被已知的食譜作法侷限，歸零後再努力，就會累積出新的實力嗎？」

見秦快師對食譜仍提不起興趣，阿槌繼續說下去：「其實我今天來，除了送禮表達謝意，還有另一個目的——您應該知道我老爸在哪兒吧，還請您告訴我！」

原本緊張得鬧胃疼、站不直腰的小黃，被阿槌的直言不諱給驚得忘了疼痛，他想，也只有阿槌這種直來直往的個性，才會一口氣把計畫目的吐露出來呀！

既然如此，他也挺起胸膛：「老鑼師失蹤多日，若您知情卻隱瞞，在同行間傳開，對您的形象會造成傷害吧！還請您不吝告知老鑼師的下落，幫助父子團圓。」

藍哥在秦快師身後，對他倆偷偷比了個讚，但秦快師卻罕見收起笑容：「父子、父子，這對父子真是煩人呀！」

秦快師伸手整理阿槌微翹的衣領，看似好意卻充滿挑釁意味：「我確實知情，但你要用什麼證明這本食譜真的這麼厲害，來跟我交換情報？」

阿槌後退一大步，不讓秦快師再碰到自己，謹慎拿出口袋裡的食譜，撕下第一頁：「我會用我在上面記錄的第一道料理來說服您，讓您明白這本書的空白是有意義的，絕對是閻羅師給爸爸的禮物！」

八、黃金香酥鰻

被撕下的第一頁，是阿槌從小苦練的黃金香酥鰻，「除了您，我希望師祖閻羅師也能吃到我的料理。」他和秦快師約好一週後在閻羅師家進行「品嘗宴」，憑一道料理決定是否能換得老爸的下落。

為此，阿槌展開魔鬼特訓，日日關在總部廚房鑽研黃金香酥鰻的絕佳作法。

「既然撕掉了那一頁，我必須將老爸教的作法提升到新層次！」他請阿洪陪他一起改良醃製鰻魚的醬汁，一罐罐五顏六色的香料粉羅列在桌上，不知情的人還以為來到魔法學院；而小黃也去市場挑了各種檸檬、柑橘，和阿槌討論著哪種果汁最適合在開動前，往魚塊上一淋，添加清新的香氣。

整個禮拜，從早到晚淡淡山城的居民都在喊餓，黃金香酥鰻的氣味實在太誘人了！上學的孩子經過總部門口，肚子立刻咕嚕咕嚕叫，進校門時，一個個把「瓜子校長早安！」講成了「校長我肚子好餓！」吃飽午飯坐在電視機前打盹的老人，一聞到鰻魚的醬香，嘴饞得睡意全消。

「雖然沒吃到阿槌的黃金香酥鰻，可是這香氣，似乎比老鑼師的更迷人、雋永呢！」乾薑、茉椰到「日日鍋具行」找老闆串門子時，也衷心誇著阿槌。

直到「品嘗宴」前夜，阿槌也沒鬆懈，「絕不能有任何閃失。」他獨自站在滾燙的油鍋前，想練到百分百的成功率。時針一格格前進，倦意也一步步逼近，阿槌甩甩頭，告訴自己：「再做一次，成功就休息！」他夾起一塊鰻魚，以熟練的角度，傾斜的放進大滾的油裡。

「真香啊！」豪邁的讚嘆聲嚇走了阿槌的瞌睡蟲，但他得專心顧看油鍋，沒辦法轉身確認是誰闖入廚房。

「我沒想過魚用炸的，也能如此香氣瀰漫！」不速之客站在阿槌身旁，靜候阿槌將炸好的鰻魚夾進盤中，再將黃金檸檬切片一擠，油氣登時被一股脫俗的酸甜取代。

「能否讓我嘗嘗？」一身舊衫，衣領隨興敞開的不速之客提出請求。

阿槌想：這深夜時分還在外遊蕩，會不會是餓壞的街友呢？如果老爸在場，一定會好好招待對方。他擺好筷子，又添了滿滿一碗飯，邀請不速之客入座用餐。

不速之客夾起一塊魚肉，就著燈光，像是觀賞藝術品一樣讚美鰻魚恰到好處的金色光澤，接著慎重的放入口中，閉眼品味。

「滋味合您胃口嗎？」對方捨不得嚥下嘴裡的美食，遲了好幾秒才又張開眼，滿足的說：「這比我在太湖邊學的烤魚更鮮香可口。」

「您也是廚師嗎？」

「哈哈哈！」不速之客的反應像是阿槌說了誇張的笑話，他搖搖頭：「我叫專諸，是個屠夫，原本只會宰豬，下廚什麼的我可是一竅不通。但最近我去太湖邊拜師學烤魚，所以對於魚的料理方式也頗有一番體會！」

阿槌好奇追問對方為什麼專程去學烤魚：「難道是您的家人特別喜歡烤魚嗎？」

專諸再次哈哈大笑：「哈哈哈！你說對了一半！的確是有人特別

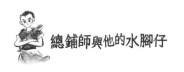

愛吃烤魚，但不是我的家人，而是吳王僚！」

專諸[17]、吳王僚、烤魚……阿槌意識到這次輪到自己碰到古代人啦！過去，老爸在教他做糖醋魚時，曾和他提過屠夫變成「廚師始祖」的故事。

在春秋戰國時代，吳國的公子光[18]認為自己才是真正的王位繼承人，有意奪取吳王僚的王位。伍子胥知道後，推薦勇士專諸做刺殺吳王僚的刺客，於是公子光將專諸視作上賓以禮相待，也盡心照顧專諸的老母親，專諸感動之餘，決心為公子光效命，方法即是宴請「愛魚成癖」的吳王僚至公子光家用餐，讓專諸烹調一尾大魚，並在魚腹中藏入匕首行刺。

「專諸有成功嗎？」阿槌難以想像，怎麼會有人在享受美食的時刻，進行這麼危險的事呢？實在是對食物太不尊敬了。

「專諸成功了，但也犧牲了自己。」來到殿上為吳王僚上菜的專諸，恭恭敬敬將魚放在桌上，下一刻便將魚掰開，抽出匕首，刺穿吳王僚穿著的三層鎧甲。吳王僚當場身亡，專諸也立即被吳王僚的護衛隊擊斃。公子光趁亂派出埋伏於密室的伏兵，殺盡吳王僚的人馬，成功自立為王。當初老鑼師故事一說完，阿槌不理解大喊：「專諸太傻了！他為什麼要答應幫公子光做這樣的事？」

現在專諸就在身旁，阿槌鼓起勇氣：「您為什麼答應幫公子光刺殺吳王僚？」專諸的筷子在空中急煞，視線從盤中最後一塊鰻魚轉向阿槌：「你……從哪得知這消息？」

「消息來源不重要，我絕不會洩漏出去的！您這場行動，明明、明明一不小心就會喪命啊！」阿槌認為一起同桌吃過飯，就是朋友，他實在不捨專諸就這樣死於刀劍之下。

「士為知己者死，你聽過這句話嗎？有人賞識我、理解我，是我的榮幸。當我接下這個任務時，堂堂公子[19]竟朝我叩頭，說自己的命運牽繫在我身上。你說，我怎麼能拒絕為他赴死呢？」

專諸伸出右手掌：「你看看我這粗糙的手，有很多刀痕吧！全都是當屠戶多年來留下的傷疤。平常切肉，只在意蠻勁，這次到太湖學烤魚，我第一次感受到自己的手原來也能做出這麼細緻的東西，得從色、香、味，兼顧各個細節，光是火候和魚在爐上擺放角度的調整，就是一門學問啊！」

阿槌在專諸身上看到了自己，也看到了老爸、藍哥、小黃和阿洪，單純陶醉在烹飪的喜悅當中，是多麼幸福的事情——只可惜，他無法告訴專諸即將迎來的結局。

「專諸大哥，你一定要珍重，凡事小心。」阿槌懇切叮嚀，換來一陣豪邁笑聲，只是這回的笑帶著看透人世，無所眷戀的悲壯。

「你別擔心，雖然吳王僚生性多疑，必定會嚴加防範，但公子光也早已準備好精銳士兵，在地下室隨時準備突擊。此外，我用來行刺的匕首，可是歐冶子大師打造的魚腸劍，無論吳王僚穿上多堅韌的鎧甲，一定都能刺穿的！」

專諸將最後一口飯，配著最後一塊鰻魚，塞滿整個腮幫子：「能在行刺前夜，吃到這麼美妙的魚，真是太棒了！有機會的話，再跟你切磋鮮魚料理的功夫！小哥怎麼稱呼？」

阿槌忍著訣別的淚水：「阿槌！我是銅鑼外燴團的接班人，阿槌！」

「那麼，銅鑼外燴團的接班人，阿槌，咱們後會有期！」

目送專諸走出總部，完成最後一次練習的阿槌清理著廚具，身為接班人的膽識和責任感也更堅定了，他有信心明天魚肉的滋味一定能征服秦快師，而與專諸的相遇，也讓他有了新的打算。

注

17. 專諸：春秋時代吳國人，屠户出身，後成爲歷史上著名的刺客。因爲孝敬母親而被伍子胥視作人才，並推薦給公子光，執行刺殺吳王僚的使命。母親爲讓其放心完成任務，不要有後顧之憂，而假借讓專諸外出取水，趁機自縊而死。公子光即位後，感念專諸的犧牲，從優安葬之外，封專諸的兒子專毅爲上卿。

18. 公子光：吳王壽夢的正室妻子爲他生了四個兒子：諸樊、餘祭、餘眛、季札子。他傳位長子諸樊，諸樊認爲季札子賢明，決定按長幼順序傳承王位，好讓王位最後能傳給季札子。餘眛死後，季札子卻不願即位，吳國人只好擁立僚爲國君。僚由吳王壽夢的妾所生，餘眛的兒子公子光認爲若季札子不接受王位，自己理當是繼承人，因此伺機奪位，成爲後來的吳王闔閭。

19. 公子：春秋戰國時期，「公子」一般指諸侯的兒子。

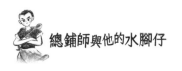

九、品嘗宴上的魚腸刀

隔日，阿槌、小黃與阿洪像是正午要辦大型宴席般，清晨四點就起來忙碌了。藍哥也趁秦快師起床前，溜回銅鑼外燴團一趟，想與夥伴們一起信心喊話！

阿槌迫不及待分享了昨夜的遭遇，水腳軍團都因為黃金香酥鰻得到「廚師始祖」專諸的美味認證而興奮不已。

藍哥踮起腳尖，搭著阿槌肩膀：「阿槌師，真有你的！」

阿槌趁勢一問：「藍哥，你能幫我偷出魚腸刀，帶到閻羅師家嗎？」

這次大家都屏息不作聲。他們都知道，專諸抽出魚腸劍的下場如

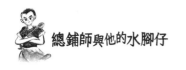

何，而他們可不能發生一樣的事情。這回，不只要成功，還要全身而退。

「品嘗宴」開始了。阿槌第一次使用閻羅師家的廚房，原以為會有些手忙腳亂，實際操作，卻帶著篤定踏實的心情，他感覺老爸就和他在同一個空間裡，為他加油打氣，「老爸，你等著，我會做出讓你以我為榮的黃金香酥鰻的！」來到最後一個步驟，淋上檸檬汁，阿槌端起香氣四溢的餐盤，往餐桌走去。

照理來說，閻羅師輩分最大，但一心只想奪得傳盛器具的秦快師，胸中已無尊師重道的精神，他坐在餐桌主位，那跋扈的嘴角、囂張的眼尾，彷彿已得到渴望的一切，下秒就要笑出聲、擠出得意洋洋的眼淚似的。

坐在右側的閻羅師則像個老頑童，為了即將上桌的美食而興奮著，一會兒東瞧西望，說著：「魚炸好了嗎？」一會兒把餐具當玩具組合著排列陣式，那吊床般的雙下巴因此晃晃擺擺的，宛如有人正躺在上面做著到夏威夷度假的美夢呢。

阿槌將黃金香酥鰻放上桌後，向秦快師提醒：「請您一定要遵守我們的約定，如果魚的美味令您心服口服，就接受食譜書，並告訴我老爸在哪吧！」

秦快師嗤了一聲，咬了一口魚，大家都等著他的評價，但他默不作聲，一臉深不可測；倒是閻羅師連對美食的讚嘆都像小孩子一樣直白：「這是我吃過最好吃的黃金香酥鰻！」

小黃擔心高齡的他不小心噎著了，要幫他細細拆解魚肉，卻被擋下：「外酥內軟的魚肉，我要好好享受大口咬下，細細咀嚼，由外而內不同的口感體驗！」

閻羅師看了看秦快師：「很棒吧！很引以為榮吧！這就是『信念執一』，以仁德待人的總鋪師才能做出的料理啊！」

現場大概只有藍哥發覺那「引以為榮」四個字怪怪的，秦快師和阿槌非親非故就算了，現在還存在敵對關係，秦快師怎麼可能會以阿槌為榮呢！

至於小黃，根本無心聆聽，他正煩惱著：魚腸刀並不似專諸刺殺吳王僚般，藏在魚腹裡，憑鰻魚塊的大小，不可能放進任何尺寸的刀子呀！到底把刀藏在哪兒了？他緊張兮兮的服侍著閻羅師，深怕夾魚的動作大一點，魚腸刀便會從哪兒出現，打亂阿槌的計畫，當場搬演

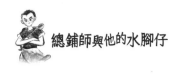

荊軻圖窮匕見的劇碼。

黃金香酥鰻真的很迷人，當秦快師夾起最後一塊時，閻羅師還眨著灰白的睫毛撒嬌：「分我一半嘛！」

阿槌很有自信，這道料理一定能換得老爸的消息。

「我撕下食譜第一頁後，重新改造了黃金香酥鰻。如果您對滋味是滿意的，就證明了我演繹出『莫忘歸零』，正是這本空白食譜的精隨！」

秦快師依舊不髓一聲，雙眼鎖定著前方，像是要把阿槌給看穿，有那麼一瞬，那細窄的眼眶褪去了犀利，起了望穿秋水般的顫動。

然而，秦快師最終只是嗤之以鼻的宣布：「今天就到這裡結束吧！」

當他正要起身離席，「既然你毀約……那我也沒必要再把你當作老爸的師兄尊敬了！」阿槌將餐盤掀開，抽出壓在盤下那把薄如蟬翼的魚腸刀，往上一揚，登時將還瀰漫著魚香的空氣割出一道裂痕，自裂口洶湧灌入的殺戮之氣瞬間占據了整座舊宅。

小時候不懂專諸為什麼挑美食當前的時刻行刺，現在阿槌明白了——真正的美食會讓人卸下防備，即使是多疑的吳王僚、

笑裡藏刀的秦快師都只能對美味束手稱臣。

而藍哥也搭配得天衣無縫，即時自後方架住措手不及的秦快師，讓刀尖精準抵在秦快師的下顎。「再給你一次機會說出實情！」阿槌的身高優勢使他隔著餐桌，也能將這番話惡狠狠吐在秦快師臉上。

十、老鑼師現身

「把刀放下！」多麼熟悉的聲音啊，那是阿槌日日夜夜思念的洪亮嗓音！

品嘗宴上不知跑去哪兒的阿洪，攙扶著老鑼師慢慢走進餐廳：「我反覆思索閻羅師說的『閻羅宮殿，遠在天邊，近在眼前』，猜想著『閻羅宮殿』指的是地獄吧，地獄應該在地下，又是『遠在天邊，近在眼前』，會不會這屋子藏著地下密室呢？果然被我在閻羅師房內那把搖椅下找到一扇隱形門！剛剛我趁機從秦快師的袋子裡翻出了鑰匙……」

老鑼師看來有些憔悴，但以方才洪鐘般的一吼來判斷，健康應沒有什麼大礙。

阿槌生日那天，老鑼師接到了師兄秦快的電話，從日日鍋具行匆匆離開與秦快師會合，趕到深山舊宅。原以為阿茲海默症越發嚴重的閻羅師發生了什麼意外，沒想到這只是秦快師的藉口，目的是威脅老鑼師交出他最想得到的事物。

老鑼師當然不肯屈服，這一百多天，他就被禁錮在地下室，靠著秦快師送餐度日。做為緊急避難室使用的地下空間有完善的隔音、防盜系統，不需擔心老鑼師的大嗓門會引來注意；加上患病的閻羅師即使不小心洩漏什麼，也只會被當作說糊塗話罷了。

秦快師十分佩服自己想出如此完美的計畫，就看討厭的銅鑼何時受不了幽禁生活，舉白旗投降了！

「我不過就是想要回所有屬於我的東西！」秦快師喉頭貼著魚腸

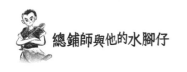

刀緣，氣急敗壞的大喊著。

老鑼師厲聲訓斥：「阿槌才不是東西！」

「秦快，我老歸老，還沒忘記這小不點，他可不是東西，是你兒子啊！」閻羅師的發言，讓架住秦快師的藍哥、抓著餐盤做武器準備加入戰局的小黃，和扶著老鑼師的阿洪全都嚇愣了。

尤其是阿槌，秦快師、老爸和師祖的三句話像是三枝利矛，直搗他的腦門，他疼得眼眶瞬間一片模糊，雙頰抽搐，但身體卻像是被水泥封住，一動也不動。

眾人的視線像帶針的線頭，在現場四處穿梭，縫合每一張唇，最後靜靜落阿槌身上，直到阿槌手中的魚腸刀「匡啷」一聲墜地，他隨即癱軟跪坐：「我、我是秦快師的兒子？這是什麼意思？」

「那張照片！」阿洪取下上回闖入時在牆面看到的照片，遞給阿槌。

「這是我？」阿槌不知道該把問題拋給秦快師還是老爸——而且他還是我的老爸嗎？

「這是你媽因病去世後，你滿週歲那日，賓客在你抓週前為我們拍的。」被藍哥鬆開的秦快師，陷入了回

憶：「誰知道這麼多東西可抓，你會毫不猶豫地抓起魚腸刀呢！果真給『烏鴉嘴』說中了，仿魚腸劍的魚腸刀，逃不了臣殺君、子弒父的詛咒啊！」

分不清秦快師是冷笑還是喘氣，他哼哼了兩聲，轉向阿槌：「從那天起，我就時時刻刻擔心你哪天會取走我性命，所以我避開跟你獨處的時間，宴席一場接一場，水腳仔一忙起來，把你放在大紙箱裡，擱著幾塊餅乾饅頭，你就在箱裡獨自度過一天。」

阿槌明白了，為什麼三歲前的記憶一片空白，沒人關愛、陪伴的生活，哪能留下什麼印象呢？

阿槌像是對秦快師的告白感到失望，也像再次面對童年不知自己從何而來的惶惑，嚶嚶啜泣著：「那麼，我是怎麼成為老爸的兒子的？」

「十三年前，我聽說皇家外燴團的水腳仔一個個重感冒，辦桌人手不足，便帶著團隊去協助。就在那天，我看到被遺忘在紙箱裡的你，捲著毛巾、手腳瑟縮的囁嚅著：『爸爸、爸爸。』秦快卻像用盡力氣逃避你的呼喚般，刻意讓自己閒不下來，也不願去看看你。明白事情原委後，我認為不再適合把你留在秦快身邊，於是我和秦快達成協議，收養你做我的兒子。那晚，我帶你回家，洗澡、買了蛋糕、插上蠟燭，與你成為一家人。」老鑼師蹲下身，伸出久久未拿廚具變得有些僵硬的雙手，疼惜的擦去阿槌臉上的淚水。

「我當初說的可是『要的話，你先帶回去養吧！』是『先帶回去』，我可沒說我這兒子要永遠送給你！」秦快師無賴式發言被閻羅師打斷：「秦快！沒關係的，承認自己脆弱，坦白心裡的懊悔，並不代表輸。沒有關係的！」

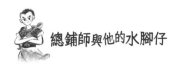

這句話像是抽出了用來承重的那塊磚頭，整座高牆瞬間攤垮下來。秦快師跪倒在地，竟痛哭起來：「我看到銅鑼把阿槌照顧、教導得這麼好，我不禁想，他把我重要的一切都奪走了：師父傳承的器具、我的兒子！」

「是你放棄我的，而老爸選擇了我！」

埋首宣洩的秦快師抬起頭，這是和阿槌相隔多年後，第一次平視對方，他凝望著阿槌濃眉下那雙溼潤的丹鳳眼：「是的，我後悔萬分！」

十一、阿槌出師了

距離品嘗宴已過一百天。由阿槌改版的黃金香酥鰻成了銅鑼外燴團最響亮的招牌菜，在藍黃紅水腳軍團的協助下，過往老派的辦桌結合了新世代的網路，現在不只是淡淡山城的居民有口福，連外地饕客也可以透過網路訂購，美味完全不受距離侷限。

老鑼師、藍哥、小黃與阿洪，一忙起來，關在廚房裡可說是不見天日，但他們卻忙得不亦樂乎。

三個月前就貼出「暫時歇業」公告的皇家外燴團，總部門口空蕩蕩的。聽說，秦快師解散了團隊，揹起工具，隻身一人展開進修之旅。

「我要去尋找自我。」出發前他向閻羅師辭行，「一直以來，我的世界只有勝負兩端，而我只想永遠站在勝利的那方。如同師父所言，我封閉了心房，卻也迷失了自我。」

「為師期待能看到你真誠滿足的笑容！」經過這麼多時間，秦快師終於理解閻羅師並不偏心，是自己築起高牆，將師父的關愛阻擋在外。

至於阿槌，品嘗宴結束和老鑼師回家後，他為老鑼師再炸一次黃金香酥鰻。老鑼師吃到盤底朝天，連連點頭：「現在，你對得起瓦斯、火爐；對得起努力長到這麼肥、這麼美的鰻魚了！你讓這些各自存在的事物和諧共融，成為一道無法被取代的料理！」

「老爸——我還可以叫你老爸嗎？」過去最想得到老爸的讚許，阿槌現在想要的卻很簡單，只要能繼續這個從小喊到大的稱呼就好！

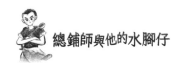

「當然，你永遠是我的孩子。我們來準備你的出師儀式吧！」

出師儀式當天，在閻羅師、水腳軍團的見證下，老鑼師為阿槌繫好圍裙，裙擺上，阿槌兩字後頭加繡的「師」閃耀著嶄新的光芒。

明明滿心感動的小黃，不吐槽一下還是渾身不對勁：「唉喲！這樣正經八百的，好不習慣喔！」

藍哥附和著：「是啊是啊！所以我特地準備了這個出師禮！」她從口袋裡拿出一塊印章：「我自己刻的喔！」

阿槌還來不及道謝，一看到章面上斗大方正的「凸槌師」三字，馬上追著藍哥滿場跑：「你這傢伙，真是我的煞星！」

外燴總部笑聲不斷，阿洪也有感而發的祝賀：「阿槌，期待未來銅鑼外燴團在你和老鑼師的帶領下，讓美食像笑聲一樣傳播出去！」

然而，現在的阿槌有更想做的事……

已經接近冬天的尾巴了，春天很快就要來到，新綠的嫩芽將讓淡淡山城更加神采煥發。穿著廚師服的阿槌坐在瓜仁國小的校門口，

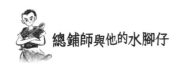

凝視街景的模樣，和高年級的他放學坐在這兒尋找親生父親時如出一轍。

「阿槌師，辛苦你了！孩子們都說自己是幸運兒，能吃到這麼可口的午餐！」瓜子校長在阿槌身邊坐下。

「校長！叫我阿槌就好啦，拜託不要加個師，我會害羞欸！」

瓜子校長拍拍阿槌的膝頭：「和辦大型流水席很不一樣吧，為這些孩子做營養午餐！」

知道自己的身世後，阿槌對「料理該做給誰吃」有了新的體會。他想為父母無暇陪伴的孩子製作溫暖的食物，讓他們感受到「別害怕，世界上還是有人愛你的喔！」

於是他向瓜子校長提議，讓他負責瓜仁國小的午餐，有時甚至還服務到晚餐時刻，給那些爸媽上晚班的孩子打包熱騰騰的飯菜回家。

為孩子備餐不需華麗的裝飾，但必須站在小孩的角度思考，適合的口味、均衡的營養，有時還得動動腦筋，把小朋友的公敵：苦瓜、茄子、紅蘿蔔、青椒、芹菜，巧妙的融入在菜餚中，讓他們神不知鬼不覺吃下肚後，還讚不絕口的再添一杓！

和孩子們相熟後，阿槌更是體貼的顧及到孩子們的心情，有人沮喪失落時，他會增加一道甜品，讓甜蜜的滋味帶來新的希望；有人為棒球賽緊張時，他便製作「馬鈴薯球棒與絞肉棒球」為他加油——為了不讓馬鈴薯煮糊變形，顧起鍋爐特別耗神呢！

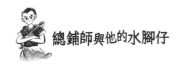

能如此善待孩子們，是因為有一把「仁德之刀」，時時刻刻放在心頭。

出師儀式後，閻羅師帶著阿槌到「喔耶子刀具專賣店」，把秦快留下的魚腸刀換回湛瀘刀，一見到和父親情同手足的閻羅師，乾薑茉椰自然是無條件配合。「把關於魚腸刀的詛咒忘光光吧！這才是我當初給秦快的刀，從今以後，你要以湛瀘刀的精神，堅持做一名慈愛、充滿同理心的總鋪師！」

而那本食譜書，在老爸的同意下，阿槌交給了秦快師。也許此刻，正在秦快師的行囊裡，跟著他四處鍛鍊修行。

面對著校門外人來人往的大街，偶爾阿槌會想起秦快師第一次吃到他做的鼎邊趖時說的那句：「頗有乃父之風」，現在尋思，更多了另一層涵義。他希望秦快師也能體會心中持有一把「仁德之刀」，用愛料理，是多麼幸福的事。等到秦快師尋找到真正的自我，回到淡淡山城的那一天，身為兒子，他願意陪這個歸零父親，重新累積！

國家圖書館出版品預行編目資料

總鋪師與他的水腳仔 /許亞歷著；李憶婷 圖. -- 初版. -- 臺北市
：幼獅文化事業股份有限公司，2023.12
面； 公分. --（小說館；43）

ISBN 978-986-449-312-8（平裝）

863.596　　112020718

・小說館043・
總鋪師與他的水腳仔

作　　者＝許亞歷
繪　　圖＝李憶婷
出 版 者＝幼獅文化事業股份有限公司
發 行 人＝葛永光
總 經 理＝洪明輝
總 編 輯＝林碧琪
主　　編＝沈怡汝
美術編輯＝游巧鈴
總 公 司＝10045臺北市重慶南路1段66-1號3樓
電　　話＝(02)2311-2832
傳　　真＝(02)2311-5368
郵政劃撥＝00033368

印　刷＝崇寶彩藝印刷股份有限公司
定　價＝320元
港　幣＝106元
初　版＝2023.12
書　號＝987270

幼獅樂讀網
http://www.youth.com.tw
幼獅購物網
http://shopping.youth.com.tw
e-mail：customer@youth.com.tw

行政院新聞局核准登記證局版臺業字第0143號